SEINE VERRUCHTE JUNGFRAU

DER JUNGFRAUENPAKT - BUCH 3

JESSA JAMES

Seine verruchte Jungfrau: Copyright © 2018 von Jessa James

Alle Rechte vorbehalten. Kein Teil dieses Buches darf in irgendeiner Form oder mit irgendwelchen Mitteln elektronisch, digital oder mechanisch reproduziert oder übertragen werden, einschließlich, aber nicht beschränkt auf das Fotokopieren, Aufzeichnen, Scannen oder durch irgendeine Art von Datenspeicher- und Datensuchsystem, ohne dass eine ausdrückliche, schriftliche Genehmigung des Autors/der Autorin gegeben ist.

Veröffentlicht von Jessa James
James, Jessa
Seine verruchte Jungfrau

Copyright des Coverdesigns 2020 von Jessa James, Autor
Bilder/Quelle: Deposit Photos: Alexander.margo.photo; karandaev

Anmerkung des Verlegers: Dieses Buch ist für ein erwachsenes Publikum vorgesehen. Das Buch kann eindeutig sexuelle Inhalte enthalten. Die sexuellen Tätigkeiten, die in diesem Buch enthalten sind, sind ausschließlich für die Phantasien von Erwachsenen bestimmt und alle Tätigkeiten oder Gefahren, die den fiktiven Charakteren in dieser Geschichte widerfahren, werden weder vom Autor oder vom Verleger empfohlen oder zur Nachahmung angeregt.

1

aylor

Ich spürte den Knall mehr, als dass ich ihn hörte. Ich hatte gedacht, ein platter Reifen verursacht ein lautes Geräusch, aber das war nicht der Fall. Das Lenkrad begann zu wackeln und ich konnte nicht mehr richtig lenken. Zum Glück fuhr ich nicht sehr schnell und befand mich auf gerader Strecke. Ich konnte an den Straßenrand fahren, ohne im Graben zu landen. Dann saß ich da, mit rasendem Puls und enorm viel Adrenalin, während die anderen Autos an mir vorbeirasten.

Ich wollte meinen Frust herausschreien. Ein Platten! Das konnte ich gerade ganz und gar nicht gebrauchen. Ich hatte auch so schon genug um die Ohren. Gerade war ich vom Lunch mit meinem Vater gekommen. Wie üblich hatte es damit geendet, dass er mir sagte, wie sehr er von mir enttäuscht war, woraufhin hin ich aufstand und das Restaurant verließ. Dabei hatte ich ihm doch bloß mitgeteilt, dass ich Einsteigerkurse für ein Medizinstudium nehmen wollte, und nicht etwa, dass ich das College aufgeben und mich dem Zirkus anschließen wollte. So unangenehm diese Gespräche mit ihm auch waren mit all seiner zur Schau gestellten Missbilligung, ich würde trotzdem nie eine Geschäftsfrau werden.

„Andere würden eine Menge dafür geben, um an deiner Stelle sein zu können!", hatte er mir im Restaurant gesagt. „Deine Kommilitonen müssen sich abstrampeln, um überhaupt einen Fuß in die Tür zu bekommen oder sich gar mit einem Praktikumsplatz begnügen, in der vagen Hoffnung, Jahre später mal feste Jobs zu bekommen. Du hingegen kannst durch mich gleich auf die Überholspur kommen. Nächsten Monat wärst du bereits Managerin. Wieso willst du das denn nicht?"

„Ich habe gerade erst meinen Abschluss an der Highschool gemacht", erwiderte ich mit lauter Stimme. Er hörte einfach nicht richtig zu. Das tat er nie. „Kann ich mich nicht erst einmal etwas amüsieren?"

Sein Gesicht hatte sich daraufhin

verändert, die Falten auf der Stirn waren noch tiefer geworden und sein ganzer Körper hatte sich versteift. Den Ausdruck kannte ich schon. Den hatte ich schon viele Male gesehen: eine Mischung aus Bedauern, Enttäuschung und Hoffnungslosigkeit. Aber noch immer fühlte ich mich schlecht deswegen. Ich konnte es ihm einfach nie recht machen.

„Im Leben geht es aber nicht darum, Spaß zu haben. Das wäre dir auch bewusst, wenn ich dir nicht immer alles auf einem Silbertablett serviert hätte. Du musstest in deinem ganzen Leben noch nicht einen Finger krumm machen, Taylor. Natürlich willst du dich einfach nur amüsieren. Das geht auf mein Konto. Weil ich dir immer alles gegeben habe. Ich habe das Gefühl, als Vater versagt zu haben."

Alles, was er mir stets gegeben

hatte, war immer mit einem Preis verbunden gewesen. Ich musste ins Familienunternehmen einsteigen. Wenn ich das täte, dann hätte sich für ihn die ganze Mühe mit mir gelohnt. Wenn nicht, dann war ich ein faules Stück. Ein faules Stück, das gern Ärztin werden wollte, aber in seinen Augen änderte das nichts. Ein verwöhntes Gör. Ich hatte mir das nicht länger anhören wollen und war einfach gegangen.

Mein Vater hatte sich stets selbst auf ein Podest gestellt. Es machte mich rasend. Aber irgendwo in meinem Hinterkopf gab es noch immer diese leise Stimme, die mir sagte, ich sollte auf ihn hören, dass er mich nur zu sehr liebte und nur das Beste für mich wollte. Er liebte mich genug, um zu wollen, dass ich eines Tages sein Imperium von ihm übernahm. Deshalb hatte er mir immer alles gegeben, was ich wollte und brauchte.

Es war nicht zu leugnen, dass er und meine Mutter mir immer nur das Allerbeste gegeben haben. Ich war auf der besten Privatschule, ich besaß allen möglichen technischen Kram, mit dem das Studium leichter von der Hand gehen sollte, ich bekam die besten Trainer und wurde zu einer herausragenden Athletin. Selbst ohne das Geld meines Vaters bekam ich mehrere Stipendien angeboten, aus denen ich wählen konnte. Selbst nachdem meine Mutter vor acht Jahren gestorben war und mein Vater erneut geheiratet hatte, blieb die Unterstützung nie aus. Was immer ich wollte, bekam ich.

Vielleicht hatte er tatsächlich als Vater versagt, weil er mich zu sehr verwöhnt hatte. Aber ich hatte das Geld nie zum Fenster rausgeworfen, sondern war immer unter den Leistungsbesten. Und ich würde verdammt noch mal Ärztin werden.

„Fuck." Der Fluch rutschte mir heraus, als mir klar wurde, wie lange ich schon im Wagen saß. Ich fing an zu schwitzen.

Es war Juni, die Mittagssonne brannte auf mich herab. Und ich saß da, mit einem Platten. Im Kofferraum war ein Ersatzrad, aber ich fühlte mich nicht in der Stimmung, um es zu wechseln. Ich hatte bloß keine Wahl. Reifen wechselten sich nicht von allein.

Ich stieg aus und knallte die Tür zu, dann ging ich nach hinten zum Kofferraum. Ich musste mich ziemlich anstrengen, um das schwere Rad herauszuheben, dann rollte ich es nahe an den platten Reifen heran. Anschließend kehrte ich zurück zum Kofferraum, um nach dem Werkzeug zu suchen. Die Sonne brannte mir auf den Rücken, der Schweiß lief mir über Gesicht und Arme. Ich wäre an jedem anderen Ort lieber gewesen als hier, außer vielleicht in dem Restaurant mit meinem Vater. Während ich gedanklich vor mich hin maulte, fing ich an, die Schrauben zu lösen. Sie saßen so fest, dass ich nicht glaubte, sie alle loszubekommen.

„Brauchst du Hilfe?"

Die Stimme. So männlich, tief und rau.

Ich ließ das Radkreuz geräuschvoll zu Boden fallen und stand auf. Mein Blick wanderte über muskulöse, tätowierte Arme hinauf zu einem sonnengebräunten, kantigen Kinn und schließlich zu einem Paar auffallend blass-blauer Augen. Ich hielt inne, mein Puls raste wieder. Er war mit Abstand der attraktivste Mann, dem ich je begegnet war. Und er hatte Tattoos! Ich fand sie sexy und ein wenig verrucht. Das machte mich an.

„Ja, bitte", stammelte ich.

Er warf einen Blick auf den Autoreifen, dann sah er mich wieder an. „Ich bin Ryan Huntington." Er reichte mir lässig seine Hand. „So kannst du der Polizei wenigstens einen Namen nennen, wenn ich jetzt in dein Auto einsteige und damit wegfahre."

Ich schaute ihn mit großen Augen an. Er grinste breit. „War nur ein Scherz. Wie sollte ich mit dem platten Reifen wegfahren?" Sein Blick glitt an mir herab, von meinem braunen Haarschopf bis hinunter zu meinen Sandalen.

„Im Ernst, es war nur ein Scherz. Du weißt doch, was das ist?"

Mir wurde bewusst, dass ich ihn noch immer anstarrte, anstatt zu antworten. Ich schüttelte den Kopf. „Tut mir leid, aber mir ist nicht nach Scherzen zumute, mit einem Platten. Der Tag ist einfach nur Mist. Dabei haben wir gerade erst Mittag."

„Geht mir genauso", grummelte er.

„Ich bin übrigens Taylor, Taylor Madison." Ich konnte seinem Gesicht ablesen, dass er den Namen erkannte. Genauso war es mir eben ergangen, als er sich vorgestellt hatte.

Ryan Huntington, der Name sagte mir etwas. Er sah aus wie der Ryan, der vor Jahren bei der Beerdigung meiner Mutter gewesen war. Dieselben Augen, dieselbe Haarfarbe. Nur war aus dem Teenager ein Mann geworden. Schon verrückt, dass ich mich an ihn erinnern konnte, aber er war ziemlich unvergesslich. Der Ryan, der hier vor mir stand, war ein ganzer Kerl. Er war größer, kräftiger und stand stolz und aufrecht da, als hätte er alles im Griff. Hatte er vielleicht auch. Selbst wenn er seiner Familie den Rücken gekehrt hatte. Ich hatte davon gehört, denn Ryans Vater war der Anwalt für die Firma meines Vaters.

In unserer kleinen Stadt war das eine Riesensache, als Ryan wegging. Er war nicht davongelaufen wie ein Fünfjähriger. Er hatte sich für Jura eingeschrieben, dann aber entschieden, dass er nicht Anwalt werden wollte. Sein Vater ist ausgerastet. Ich kannte zwar die Einzelheiten nicht, aber seither hatte man von Ryan nichts mehr gehört. Ich wusste nur, dass man ihn nicht mehr als Teil der Familie betrachtete.

„Was ist aus dem Jurastudium geworden?"

Ein Lächeln breitete sich auf seinem Gesicht aus. „Ich bin berüchtigt genug, dass ein hübsches Mädchen am Straßenrand weiß, wer ich bin."

Ich zuckte mit den Schultern. „Du kennst meinen Namen, ebenso wie ich deinen."

Er schüttelte langsam den Kopf. „Du kennst mich nicht. Du hast lediglich Dinge über mich gehört."

Ich betrachtete ihn von Kopf bis Fuß, seine Stiefel, die ausgewaschene Jeans und das schwarze T-Shirt, das nichts der Fantasie überließ. „Du hast recht. Also, was ist aus dem Jurastudium geworden?"

Meine Fragerei ließ ihn schmunzeln. Verdammt, war der heiß. „Nichts. Ich entschied mich, es hinzuschmeißen und habe mir ein eigenes Geschäft aufgebaut."

„Ein eigenes Geschäft? Was denn?" Mir kam der Gedanke, dass er das besser hingekriegt hatte, als ich es jemals schaffen würde. Ich glaubte nicht, dass ich meiner Familie einfach den Rücken kehren könnte, um mein Ding durchzuziehen. Meinem Vater beim Essen meine Meinung zu sagen, war eine Sache, aber vollkommen auf eigenen Beinen zu stehen? Ich wusste gar nicht, wie ich das anstellen sollte. Vielleicht hatte mein Vater doch recht. Er hatte mir immer alles gegeben und ich wusste nicht, wie ich auf eigenen Füßen stehen sollte.

Er hielt mir seinen Ellenbogen hin. „Sagt das genug?" Ich sah die sehnigen Arme, die dicken Muskelpakete. Ein Fitnessstudio? „Tattoo-Laden."

Ich nickte. „Hat deine Mutter dich dahingehend beeinflusst?"

Er wirkte ein wenig schockiert. Dann lächelte er wieder. „Du erinnerst dich an meine Mutter?"

„Aber sicher." Ich erwiderte das Lächeln. „Ich mag jünger sein als du, aber unsere Familien stehen sich recht nahe. Deine Mutter ist ... ziemlich beeindruckend."

Seine Mutter war das genaue Gegenteil unserer Väter. Sie waren die Herren der Welt. Zumindest in dieser Stadt. Sie waren einflussreich und wohlhabend. Sie waren die Art Mensch, zu denen man nie nein sagte, selbst wenn ihre Forderungen unrealistisch waren. Ihre Untergebenen hatten es gefälligst möglich zu machen.

„Das stimmt." Wir mussten beide lachen. „Aber du hast recht, sie hat mein Interesse an Kunst geweckt und mir gezeigt, wie man das Leben genießt und nicht immer alles so ernst nehmen muss. Durch sie habe ich angefangen zu malen, wann immer ich Stress abbauen musste. Manchmal hat sie mich mitgenommen, wenn sie mit Freunden ausging. Ich wusste, dass mich das früher oder später langweilen würde, daher hatte ich immer etwas zum Malen dabei. Als sie sahen, was ich zeichnete, meinten sie, ich sollte daraus Tattoos machen."

„Oh, wow, dann bist du auf ganz natürliche Weise ins Geschäft gekommen."

Wir standen am Straßenrand und plauderten, bis ihm irgendwann mein Platten wieder einfiel. Er nahm mir das Radkreuz ab und machte sich an die Arbeit.

Er machte einen netten Eindruck und er war dem Zorn seines Vaters entkommen. Ich beneidete ihn darum.

„Ja, die Leute sehen meine Kunst, aber es steckt immer etwas mehr dahinter, wenn sie sich ein Motiv aussuchen. Die Geschichten dahinter waren es, die aus einem Hobby eine Leidenschaft machten. Erfahrungen durch Kunst auszutauschen ist eine wunderbare Art, mit anderen eine Verbindung aufzubauen. Als ob der Anblick eines Tattoos ihre unsichtbaren Mauern einreißt. Selbst wenn sie es in betrunkenem Zustand oder als Mutprobe tun, so zeigen sie doch ihre verletzliche Seite, machen sich angreifbar. Aber ich verurteile niemals jemanden. Ich nehme sie an, so wie sie sind." Ich war so von seinen Worten gefangen, dass ich nicht merkte, dass er den Reifen gewechselt hatte. „So, fertig, Prinzessin."

Ich blickte ihn mit hochgezogener Augenbraue an. Prinzessin? Ich folgte seinem Blick. Er schaute auf die Perlen an meinen Ohren und an meiner Halskette, dann auf mein rosa Sommerkleid. Oh.

„Schau doch mal vorbei." Er zog seine Brieftasche aus der Hosentasche und reichte mir eine Karte. „Der Laden. Ich merke doch, du bist neugierig. Komm vorbei und sieh es dir an."

„Klar", sagte ich und schaute ihm in die Augen. Ich sammelte all meinen Mut und lächelte. Himmel, ich hätte ihn den ganzen Tag anstarren können. Ich war neugierig. Nicht so sehr wegen der Tattoos, aber auf ihn. Ich fragte mich, wie es wohl wäre, wenn der vermeintliche schlimme Bursche mich küsste. „Mache ich. Ich komme mal vorbei."

2

aylor

Jedes Mal, wenn ich an Ryan dachte, sagte mein Verstand 'nein'. Aber meine Muschi widersprach mit einem lauten 'Ja'!

Ich lag noch immer im Bett und hatte keine Lust aufzustehen. Der Vormittag war schon halb vorbei, aber das war mir egal. Ich hatte nur wenig geschlafen, aber müde war ich nicht. Ich redete mir ein, es sei der Frust wegen meines Vaters und des Streits am vergangenen Mittag, was mich wachhielt, aber das stimmte nicht. Es lag nicht an meinem arroganten, gebieterischen und selbstgerechten Vater. Ganz und gar nicht. Seine strengen Blicke und langen Vorträge war ich ja gewohnt. Nein, in meinem Kopf spukte ein blonder, blauäugiger Mann herum, den ich kaum kannte.

Allein der Gedanke an Ryan machte mich feucht. Er hatte so gut ausgesehen, als er meinen platten Reifen wechselte. Schweißperlen waren ihm über die goldene Haut gelaufen, als wir da in der Mittagshitze gestanden hatten. Seine Hände waren vom Reifenwechsel mit Öl beschmiert, aber das schadete seiner Erscheinung nicht, im Gegenteil. So verschmiert wirkte er noch viel heißer. Er hatte sich für mich schmutzig gemacht, wie ein verruchter Gentleman.

Aber er war älter. Nicht wie eine Vaterfigur, das wäre zu schräg gewesen, aber er war 24. Mindestens. Der Altersunterschied machte es irgendwie unmöglich, wie eine verbotene Frucht. Allerdings lag das Problem eher bei mir. Ich war zu jung, eine Jungfrau, frisch von der Schule. Und er hatte mich Prinzessin genannt.

In seinen Augen war ich das wohl auch. Aber ich fühlte mich nicht so.

Er war so ganz anders als die Jungs von der Jungenschule, mit denen wir manchmal zum Tanz gingen. Die sahen immer sehr geschniegelt aus, da lag kein Haar am falschen Platz. Ihre Poloshirts und Blazer waren faltenfrei gebügelt. Ich stellte mir vor, wie einer von diesen Jungs meinen Reifen wechselte, und musste lachen. Unvorstellbar, dass sie sich die Hände schmutzig machen könnten. Ich bezweifelte, dass sie wussten, wie man das machte. Bestimmt hatten sie für so etwas einen Chauffeur.

Aber Ryan ...

Ich schüttelte den Kopf und seufzte bei dem Gedanken an seinen Namen. Die Art, wie er meinen Reifen gewechselt hatte, war nicht lachhaft sondern sehr sexy gewesen, so männlich. Ich stellte mir amüsiert vor, wie er die Jungs von der Privatschule bloßstellte. Er war selber mal so gewesen, hatte einen Abschluss gemacht und war dann seinen eigenen Weg gegangen. Er hatte seinem Vater und dem Country-Club-Gehabe den Stinkefinger gezeigt.

Das Image des verruchten Typen passte zu ihm. Er sah aus wie gemeißelt und seine Tätowierungen hoben seine

Muskeln nur noch mehr hervor. Ja, er sollte es sein. Auf jeden Fall.

Ich hätte mich für die Jungs interessieren sollen, mit denen ich den Abschluss gemacht hatte. Die gingen nach Harvard oder Princeton und kehrten dann heim, um im Familienunternehmen mitzuarbeiten. Genau das hatte man von Ryan auch erwartet. Auch ich sollte in der Firma meines Vaters arbeiten, bis ich heiratete. Danach würde ich meinen Collegeabschluss nicht mehr brauchen, sondern musste nur einfach zwei Kinder in die Welt setzen und diese dann regelmäßig zum Country Club fahren.

Nein, ich wollte das ebenso wenig wie Ryan. Er hatte sich davon befreit. Das wollte ich auch. Ich wollte keinen der Typen, die mein Vater in meine Richtung schubste. Die interessierten mich nicht. Da war kein Begehren spürbar, nichts. Ich wollte jemanden, der mir den Atem raubte, mein Herz zum Rasen brachte, meine Brustwarzen hart werden ließ und meine Muschi feucht. Wenn ich diesen bescheuerten Jungfrauenpakt durchziehen wollte, den ich mit einigen Freundinnen geschlossen hatte, dann ging das nicht mit den üblichen Todds und Chads, die ich sonst so kannte. Bisher war einfach niemand infrage gekommen. Ich würde mein Jungfernhäutchen nicht einfach irgendjemandem opfern.

Meine Freundinnen Jane und Mary hatten es bereits getan. Hatten sich die passenden Typen gesucht und es einfach getan. So wie sie ihre Männer ansahen – und es waren wirklich echte Männer – musste es ihnen ziemlich viel Spaß machen. Jane hatte es zuerst getan, indem sie sich unseren Politiklehrer Mr. Parker geschnappt hatte.

Mary war dann mit Mr. Parkers Freund Greg verkuppelt worden. Na ja, verkuppelt trifft es nicht richtig. Mary hat bei Gregs Nichte den Babysitter gegeben und von da aus hatte sich die Sache schnell entwickelt.

Jetzt waren die beiden total verknallt in ihre Lover und sie wollten das auch für mich. Sie redeten ständig davon, zu gemeinsamen Dates zu gehen und dass es doch einige Vorteile hätte, reifere Männer zu daten, sowohl im Schlafzimmer als auch außerhalb. Sie gingen in elegante, teure Restaurants und experimentierten mit heißem Sex. Sie prahlten, wie viel besser das mit älteren Männern war. Ich glaubte ihnen. Mit Erfahrung war alles besser. Aber ich wollte eben auch den richtigen Mann finden, der meine Unschuld rauben sollte.

Darüber musste ich lachen. Unschuld rauben. Das klang so mittelalterlich. Aber genau das wollte ich. Er musste nicht so alt sein wie Mr. Parker oder Greg. Er musste einfach nur der Richtige sein. Sofort musste ich an Ryan denken. Ja, ich hatte den Mann gefunden, dem ich meine Jungfräulichkeit opfern wollte.

Ich fand ihn ideal dafür. Der Reifenwechsel hatte gezeigt, dass er sehr stark und geschickt mit den Händen war. Er würde mich tragen und auf das Bett werfen können, sogar mit nur einer Hand. Ich hatte auch keinen Zweifel daran, dass er genau wusste, was zu tun war. So ein umwerfender Typ war ja sicher nicht all die Jahre Single gewesen. Ich hoffte, er würde sich mit dem Körper einer Frau auskennen, denn dann wäre er der ideale Kandidat für mein erstes Mal.

Noch viel besser war die Vorstellung, was mein Vater wohl dazu sagen würde, wenn ich mich ausgerechnet mit dem schwarzen Schaf einließe. Noch dazu mit all den rebellischen Tattoos.

Da unsere Väter sehr eng zusammenarbeiteten, versäumte meiner es nie, von dem rebellischen Bengel zu reden. Er benutzte nie Ryans Namen. Er schimpfte immer darüber, wie undankbar Ryan gewesen war, einfach so der Familie den Rücken zu kehren. Seine Eltern hatten, ebenso wie meine, immer für alles bezahlt. Sie hatten ihn auf die besten Schulen geschickt, ihn auf den zu erwartenden Erfolg vorbereitet. Mein Vater war sogar bereit gewesen, ihm in der Firma eine Stelle als Chef der Rechtsabteilung zu geben.

„Er hat das alles in den Wind geschlagen. Ein Leben voller Macht, Reichtum und Erfolg. Für was?", hatte mein Vater wiederholt geklagt. Damals hatten mich seine Worte nicht interessiert, denn ich erinnerte mich nur an den Ryan von der Beerdigung, mehr nicht. Aber jetzt schmerzten diese Worte, denn ich befand mich in einer ähnlichen Position. Ich wollte meinen eigenen Weg gehen, der nichts gemeinsam hatte mit dem, den mein Vater all die Jahre vorbereitet hatte. Wenn er schon über Ryan so wütend war, wie würde er dann im Falle seiner eigenen Tochter reagieren? Ich ahnte, dass unser Streit beim Lunch erst der Anfang gewesen war.

Ich zwang mich dazu, endlich aufzustehen. Ich hatte zu lange im Bett gelegen, meiner Laune half das ganz und gar nicht. Ich musste den Hintern hochkriegen und wusste sofort, was ich tun wollte. Wen ich treffen musste. Ich hatte immerhin schon den ganzen Morgen an ihn gedacht.

Eine Stunde später stand ich vor seinem Tattoo-Laden, R.

R – der Namen des Ladens. Klang griffig und schlicht und verwies auf das Wesentliche, nämlich die Kunst. Ich nahm all meinen Mut zusammen und trat ein. Was, wenn er mich nicht sehen wollte? Was, wenn er mich für ein kleines Kind hielt? Oder noch schlimmer, eine Prinzessin? Ich hatte erwogen, vorher anzurufen und einen Termin für ein Tattoo auszumachen, dabei wusste ich nicht einmal, ob ich eines haben wollte. Jetzt aber war ich hier und fühlte mich von der gezeigten Kunst inspiriert. Das wollte ich auch. Und ich hatte auch schon eine Idee für das Design.

„Hey, guten Morgen! Hast du einen Termin?", fragte die Frau am Empfang.

Sie trug ein weißes Trägershirt, das ihre Tattoos auf dem linken Arm freiließ, ebenso wie auf dem Handrücken „Ich bin übrigens Anna."

„Taylor", sagte ich und schaute mich in dem großen Raum um. „Ich bin spontan gekommen. Ist das okay?"

Ich hatte mir den Laden irgendwie anders vorgestellt und schämte mich nun angesichts meiner Vorurteile. Der Laden war modern, sauber und teuer eingerichtet. Die Wände waren dunkelgrau, die Decke weiß gestrichen. Gelbes Licht sorgte für angenehme Stimmung, über den Stühlen waren helle Lampen angebracht. Alles war ordentlich und sauber. Ich betrachtete alles und entdeckte endlich auch ihn.

Ryan war im Gespräch mit einem Kunden, dem er etwas auf ein frisches Tattoo schmierte und es dann in Plastikfolie einwickelte. Ich wäre gern zu ihm hingegangen, wollte aber nicht stören.

„Klar, ist kein Problem. Hast du einen der Künstler schon kennengelernt?" Ich drehte mich zu Anna um. „Die meisten unserer Kunden wollen spontan Termine, wenn sie einen unserer Künstler kennengelernt haben. Freie Termine sind rar. Aber als Marketing ist es nicht schlecht." Wir grinsten einander an, dann nickte ich.

„Hat bei mir auch funktioniert", sagte ich. „Ich habe eine ungefähre Vorstellung von einem Design, aber ich kann leider nicht zeichnen. Meinst du, ich könnte mit einem der Künstler reden und es ihm beschreiben?"

Anna strahlte. „Klar. Willst du ihre Portfolios sehen? Die sind alle großartig, es hängt also eher davon ab, welcher Stil dir so vorschwebt."

Ich musste gar nicht erst nachsehen, ich wusste auch so, was ich wollte. Wen ich wollte. „Ryan, Ryan Huntington", sagte ich sofort. „Den will ich."

„Hmm, Ryan …", sie warf einen Blick in ihren Computer. „Leider ist der vollkommen ausgebucht für den Rest der Woche. Nächsten Donnerstag wäre er frei. Ginge das? Bis dahin kannst du dir noch mehr Gedanken über das Design machen, das du haben willst."

Ich war enttäuscht. Ich hatte mich doch längst entschieden. Und nun eine Woche zu warten, würde nur dafür sorgen, dass ich am Ende einen Rückzieher machte. Nicht wegen des Tattoos, sondern wegen der anderen Sache. In diesem Moment war ich kühn genug. Aber würde das so bleiben? Würde ich wieder herkommen und ihm sagen, dass ich mehr wollte als ein Tattoo? „Er ist ziemlich beschäftigt, was?"

„Ja, er ist großartig. Er legt viel selber Hand an, obwohl ihm der Laden gehört."

Er legte Hand an. Gut. Genau das wollte ich.

„Er könnte auch die anderen Künstler die ganze Arbeit machen lassen, aber er genießt es einfach. Genießen ist sogar noch untertrieben, würde ich sagen."

Taylor musste schmunzeln. Konnte der Typ noch attraktiver werden? Sein Aussehen war umwerfend und jetzt war er auch noch mit Leidenschaft bei der Arbeit? Verdammt. Das Denken fiel mir schwer.

Wenn ich Ryan nicht in mein Bett bekam, konnte ich mir wenigstens ein Tattoo machen lassen.

„Wer wäre denn heute zu haben? Ich möchte lieber nicht warten", sagte ich und lächelte schief.

Ich spürte eine Hitze in meinem Nacken und drehte mich um. Ryan blickte mich direkt an. Ich schnappte unter seinem stahlharten Blick nach Luft. Dann kam er auf mich zu.

3

yan

Taylor war hier. Nicht in einem schicken Sommerkleid, sondern in einer Jeans-Shorts, die nur knapp den Hintern bedeckte, und einem seidenen, hellblauen Trägerhemdchen. Heilige Scheiße.

„Bob!", rief Anna hinter dem Empfangstresen. „Komm mal! Kundschaft für dich!"

Fuck. Ich blickte einige Male von Taylor zu Bob und wieder zurück. Der riesige Kerl ging etwas zu eifrig zu Anna und Taylor, fand ich. Er sagte etwas zu Anna, dann wandte er sich an das brünette Mädchen. Ihr welliges Haar hatte sie über die linke Schulter gebürstet, ihr süßes, spitzes Kinn machte sie besonders sexy, ein netter Kontrast zu den unschuldigen, braunen Augen. Es entging mir nicht, wie Bob einen Moment lang auf ihre Titten starrte. Offenbar spürte er, dass meine Blicke ihn gerade durchbohrten, denn er sah auf und schaute mich an.

Verpiss dich. Mehr brauchte mein Blick nicht zu sagen. Das brachte ihn zum Schweigen. Er kratzte sich verlegen am Hinterkopf und ich machte mich auf den Weg zu ihnen hinüber.

„Wie nett, dich hier zu sehen", sagte ich mit einem Hauch von Lächeln auf meinen Lippen. Verdammt, ich hätte sie den ganzen Tag anstarren können. Sie war nicht hübsch im herkömmlichen Sinne, aber mein Schwanz stand total auf sie. Der Höhlenmann in mir erwachte zum Leben. Ich wollte nicht einmal, dass Bob sie überhaupt ansah. Erst recht nicht, dass er ihre Haut bearbeitete. „Bist du sicher, dass du hier richtig bist, Prinzessin?"

„Halt den Mund, Boss", sagte Anna ungerührt. „Sie will ein Tattoo von dir, aber du bist für den Rest der Woche ausgebucht."

Taylor errötete und blickte zur Seite, aber dann reckte sie ihr Kinn vor und schaute mir ins Gesicht.

„Du hast doch selbst gesagt, ich sollte mal reinschauen", meinte sie und mein Grinsen wurde breiter. Ich hatte nicht damit gerechnet, dass sie so kess sein würde.

Die Art, wie sie sich kleidete und benahm ..., das alles waren ganz klare Anzeichen einer hilflosen Person. Und genau so war sie gestern auch. Als ich sie da am Straßenrand sah, mit ihren Perlen und dem rosa Kleid, bei dem Versuch, den Reifen zu wechseln, da hatte ich ja praktisch gar nicht anders können, als ihr zu helfen. Sie war ein hübsches Mädchen, das Hilfe gebraucht hatte.

Dann erst hatte ich herausgefunden, dass sie ausgerechnet Taylor Madison war. Ich hatte sie seit Jahren nicht mehr gesehen und sie hatte sich seither ziemlich verändert. Verdammt viel verändert. Sie war nicht mehr das kleine Mädchen von damals. Sie hatte Beine, so lang wie die Sünde, und Kurven an allen richtigen Stellen.

Ich wollte sie in der Rolle der Hilflosen, die mich brauchte, wenn sie ein

Problem hatte. Es war reiner Zufall gewesen, dass ich ausgerechnet im passenden Moment vorbeigekommen war. Aber nun wollte ich nicht, dass irgendjemand sonst ihr half. Ich wollte, dass sie sich an mich wandte. Dass sie mich brauchte. Nur mich.

Aber sie war eine verdammte Prinzessin. Ihr Wagen war scheiß teuer gewesen. Als ich noch bei meinen Eltern lebte, hatte ich auch teure Luxusautos gehabt. Sie hatten dafür gesorgt. Ein bisschen fehlten mir die schnellen Wagen. Mein Pickup war praktisch, aber Rennen konnte man damit nicht gewinnen.

Aber ein schnelles Auto war den Preis nicht wert, den ich dafür hätte zahlen müssen. Und es ging nicht um Geld. Ich wollte nicht mehr unter der Knute meines Vaters stehen. Ich bin fortgegangen und daran würde sich auch nichts mehr ändern. Nicht einmal für ein geiles Auto.

Ich schüttelte diese Gedanken ab. Wieso dachte ich an ein Auto, wenn diese schöne Frau hier vor mir stand? Alle starrten mich erwartungsvoll an und kam mir vor wie ein Idiot. Das Mädchen hatte meine Gedanken auf Wanderschaft geschickt.

Dann konzentrierte ich mich auf das, was Anna gesagt hatte. Taylor wollte ein Tattoo. Mein Herz machte einen Hüpfer. Von mir wollte sie ihre Haut stechen lassen, sie markieren. Aber ich wollte sie nicht besudeln. Meine Hände waren rau von der Arbeit. Ich mochte es, mit den Händen zu arbeiten, am Auto, an Fitnessgeräten, beim Tätowieren. Ich stellte mir vor, dass all ihre Unschuld und Süße verschwinden würden, sobald ich sie anfasste.

Aber wenn ich es nicht täte, würde Bob das übernehmen. Und das konnte ich nicht hinnehmen.

„Komm mit ins Hinterzimmer, da mache ich dir dein Tattoo." Ich wollte mit ihr allein sein. Ich wusste nicht, wo sie ihr Tattoo haben wollte, aber ich wollte nicht, dass irgendjemand mehr von ihrer Haut sah. Außerdem wollte ich auch nicht, dass jemand sah, wie erregt mein Schwanz bereits war. Sobald ich sie berührte, würde ich mächtig in Schwierigkeiten sein.

Sie ging mit mir und ich ließ sie ins Zimmer vorgehen. Wir benutzten es immer dann, wenn ein Kunde mehr Privatsphäre wünschte, vor allem bei Intimpiercings und solchen Sachen.

„Ich hole nur schnell meinen Skizzenblock, damit wir einen Entwurf machen können. Bin gleich wieder da."

Als ich aus dem Zimmer trat, sah

ich, dass Anna und Bob mich misstrauisch beäugten. Ich grinste, eilte in mein Büro und holte meine Sachen. Als ich zurückkam, machte sie es sich gerade auf dem Stuhl bequem.

„Weißt du schon, was du willst?"

Sie nickte und öffnete ihre Shorts. „Ich möchte einen Schmetterling auf der Hüfte, für meine Mutter. Sie nannte mich immer ihren kleinen Schmetterling."

Sie zappelte ein wenig herum, bis sie die Shorts weit genug heruntergeschoben hatte.

Fuck. Die pinke Unterwäsche würde mich umbringen. Die Shorts saß sehr eng und hob ihre Arschbacken ein wenig an. *Was zur ...*

„Genau da soll es hin." Sie legte ihren Zeigefinger sanft auf den Hüftknochen. „Wird das wehtun?"

Ich starrte unablässig auf den entblößten Leib. Die Kurve ihrer Hüfte war ideal zum Festhalten, wenn man sie von hinten vögeln wollte. Der Slip bedeckte ihren Venushügel und ich stellte mir vor, wie er nass wurde, weil sie so scharf darauf war, von mir gefickt zu werden. Sie war nicht gerade zurückhaltend. Zum Glück hatte ich sie ins Hinterzimmer gebracht. Wenn Bob sie mit heruntergelassener Hose zu sehen bekommen hätte, wäre ich ihm an den Kragen gegangen.

Ich räusperte mich und fuhr mit dem Finger sanft über die Stelle, die sie gezeigt hatte. Samt weiche Haut. Warm. Wenn ich mich nicht bald zusammenriss, würde ich mich wie ein Teenager in meine Hose ergießen. „Ich erinnere mich an deine Mutter. Sie war deutlich netter als dein Vater." Wir grinsten einander an. „Also, bereust du es, hergekommen zu sein?"

Sie schüttelte energisch den Kopf und blickte auf meinen Finger, der sich über ihre Haut bewegte. „Nein, ich will nur einfach genau wissen, worauf ich mich einlasse. Einige meiner Freunde sagten, es tut weh, wenn man sich stechen lässt, aber andere meinten, sie hätten dabei sogar ein Nickerchen gemacht."

„Tja, das kommt darauf an." Ich legte meinen Skizzenblock auf den Tisch und kam näher zu ihr. Dann presste ich zwei Finger auf die Stelle an der Hüfte und es kostete mich einige Mühe, nicht tiefer zu greifen, über ihre Schamlippen zu streicheln, um durch den Seidenslip ihre Nässe zu spüren.

Warum zur Hölle ist sie wirklich hergekommen?

Ich bemühte mich, nicht laut aufzustöhnen und drängte meinen Unterleib gegen den Stuhl. Mein Schwanz war immer noch hart und Taylor machte es nicht einfacher, da sie der Grund dafür war.

„Das kommt darauf an, wo man es haben will. In der Nähe von Knochen ist es schmerzhafter, aber man hält es aus. Und du kannst jederzeit eine Pause machen. Du kannst auch öfter kommen."

Fuck. Die Vorstellung, dass sie kommt, mit meinem Schwanz in ihr drin oder meiner Zunge, ließ mich aufkeuchen. Und sie sollte öfter kommen? Absolut. Wenn ich sie erst einmal in meinem Bett hatte, würde sie ihren eigenen Namen vergessen.

Sie kaute zögernd auf ihrer Unterlippe. Ich hustete laut auf, um ein weiteres Stöhnen von mir zu übertönen. Sie sah so umwerfend und anbetungswürdig aus, dass ich sie am liebsten auf den Sitz zurückgeschoben und mich auf sie gelegt hätte. Ich wollte ihr die Shorts ganz abstreifen und in ihre enge Hitze eindringen.

Lass das, ermahnte ich mich selbst. Mädchen wie sie wollten nie etwas von Typen wie mir. Ich war nicht reich und für jemanden wie sie gefährlich. Für mich gab es keine glorreiche Zukunft, nur diesen kleinen Laden. Keine Reisen nach Europa, keine Polopferde. Sie konnte mich nicht mitnehmen zu den üblichen Anlässen der High Society. Es wäre zu erniedrigend für sie gewesen. Sie konnte nicht mit jemandem zusammen sein, der all dem den Rücken gekehrt hatte.

Reiß dich zusammen. Sie will ein Tattoo, keine Beziehung.

Der Gedanke hätte meinen Schwanz sofort zum Einknicken bewegen sollen. Aber solange sie mit heruntergezogenen Shorts vor mir saß, war da nichts zu machen.

„Bist du sicher, dass du das machen möchtest? Du wirkst sehr nervös." Mir wurde bewusst, dass meine Finger noch immer auf ihrer Hüfte lagen. Ich wollte sie nicht wegziehen. „Denk noch ein paar Tage drüber nach und ruf mich dann an. Wir finden schon einen Termin."

Auf einmal verschwand das schüchterne, hilflose Mädchen vor meinen Augen. In ihrem Blick blitzte etwas auf und sie schaute mich entschlossen an, während ihre Hüfte sich an meine Finger drängte.

„Ich will dich", sagte sie.

Ich konnte sie nur anschauen. Wovon zur Hölle redete sie?

„Meine Freundinnen und ich haben einen Pakt geschlossen." Ihre rosige Zunge leckte über ihre Lippen. „Wir haben uns vorgenommen, noch vor dem College unsere Unschuld zu verlieren. Ich möchte, dass du derjenige für mich bist. Du sollst mich zum ersten Mal ficken."

Was zur Hölle? „Sag das noch mal, Prinzessin."

„Ich möchte, dass du mein erster Fick bist."

4

aylor

Ich konnte den Blick nicht von Ryan abwenden, erst recht nicht, nachdem ich es ausgesprochen hatte. Es war die Wahrheit. Ich wollte ein Tattoo, einen Schmetterling. Aber ich noch dringender wollte ich von ihm gefickt werden. Ich hatte ihm gesagt, was ich wollte, nun war es an ihm, ob er es mir gab oder nicht.

Es fühlte sich wie eine Ewigkeit an, auf seine Antwort zu warten, beinahe wie in Zeitlupe. Er schluckte schwer, sein Adamsapfel hüpfte auf und ab. Ich schluckte ebenfalls und atmete tief ein. Das war ziemlich kühn von mir gewesen, aber von meinem Vater hatte ich gelernt, dass ich nach dem streben sollte, was ich wollte. Ich nahm an, er hatte damit nicht gemeint, mir den Typen zu suchen, der mich ficken sollte, aber egal. Mein Blick wanderte tiefer, vom Hals über seine breiten Schultern, den muskulösen Oberkörper, hinunter zur schmalen Hüfte und der wachsenden Beule in seiner Jeans. Wow. Der Anblick ließ mein Herz schneller schlagen.

Ich hatte ihn angemacht. Wenn die Größe seines Schwanzes ein Hinweis war, dann hatte ich ihn ziemlich scharf gemacht.

Ich streckte zögernd meine Hand aus und griff nach seinem Handgelenk. Er konnte mich aufhalten, wenn er wollte, er war ja viel stärker als ich, aber das tat er nicht. Ich schob seine Hand tiefer, seine Fingerkuppen berührten mich kaum. Immer tiefer, bis seine Finger über meiner Muschi schwebten, denn drückte ich seine Hand nach unten. Genau dahin. Ich schloss die Augen bei der Berührung. Ich war noch nie von einem Mann an so intimer Stelle angefasst worden. Die Berührung war nur wie ein Hauch, aber meine Muschi fühlte sich an, als stünde sie in Flammen. Ich lächelte, als ich ein Stöhnen aus seinem Mund hörte.

Er schaute mir in die Augen, sagte aber nichts, sondern ließ mich seine Hand weiter über meine Shorts schieben. Er hätte sich aus meinem Griff befreien können, ich hätte ihn nicht aufhalten können. Er wäre mir auf jeden Fall überlegen gewesen, aber er ließ es zu, dass ich die Führung übernahm. Welcher Mann würde das nicht, wenn das bei der Muschi endete?

Mutig schob ich die Shorts weiter runter und entblößte meinen beinahe durchsichtigen Slip. „Ich war heute shoppen", murmelte ich und beobachtete seine Augen, sah die Hitze darin, sah, wie sein Kiefer sich verspannte, während er mich anschaute. Er erblickte, was noch kein anderer Mann zu sehen bekommen hatte.

Ich hatte mir gestern das Schamhaar wegrasiert, bis auf einen schmalen Streifen. So wie seine Augen und sein Schwanz größer wurden, musste das wohl eine gute Entscheidung gewesen sein.

„Fass mich an." Ich bewegte seine

Hand nicht mehr. Ab sofort musste er den nächsten Schritt machen. „Bitte."

Wir starrten einander intensiv in die Augen. Mit jeder Sekunde wurde ich erregter und feuchter. Seine eindrucksvollen, blauen Augen fuhren über meinen Körper, als wollte er sich meinen Anblick einprägen. Ich wollte wissen, woran er gerade dachte, aber andererseits wollte ich das Reden doch lieber auf später verschieben und nur noch fühlen. Erst wollte ich, wofür ich hergekommen war.

„Du bist eine Jungfrau", sagte er, mehr zu sich selbst als zu mir. Seine Finger verharrten, aber ich spürte die Wärme durch den dünnen Stoff der Unterwäsche.

Ich nickte. „Ja."

„Hast du sonst irgendwelche Erfahrung?" Ich löste meine Finger von seinem Handgelenk, aber seine Finger blieben auf meiner Muschi liegen. „Bist du schon mal mit den Fingern gefickt worden?"

Ich schüttelte den Kopf.

„Hast du jemandem einen Blowjob gegeben?"

Wieder schüttelte ich den Kopf.

„Hat dir jemand mal die Muschi geleckt?"

Wieder ein Kopfschütteln.

„Was hast du denn schon mal gemacht?"

Er blickte zu mir auf.

Ich biss mir ein wenig verlegen auf die Lippe. Ich war achtzehn und noch Jungfrau. Eine sehr jungfräuliche Jungfrau. Er war älter und erfahrener, kannte die Welt. Wahrscheinlich warfen sich ihm ständig Frauen an den Hals. Das hatte ich auch getan, aber ich war vollkommen ahnungslos. Machte ich es überhaupt richtig? Wieso sollte er mich wollen? Auf einmal kam ich mir wie ein Versager vor und wollte kneifen. Ich ließ die Schultern hängen und zog mich ein wenig zurück. Das war albern. Ich war dumm gewesen, ihm so einen Vorschlag zu machen. Mich ihm so auszuliefern und vor ihm zu entblößen. Ich wollte aufstehen, aber er reagierte schnell, packte mich an der Schulter und hielt mich auf dem Stuhl fest. Dann beugte er sich über mich. Ich war praktisch unter ihm gefangen. Seine breite Brust versperrte mir den Fluchtweg, ebenso wie seine starken Arme. Das Gefühl gefiel mir. Ich hatte zwar mutig begonnen, aber nun übernahm er die Führung.

„Du bist noch gänzlich unberührt?", fragte er, obwohl er die Antwort doch nun schon kannte. „Hier?". Seine Finger drückten auf meine Muschi und ich musste mich zusammenreißen, um mich nicht unter der Berührung lustvoll zu winden. „Oder hier?" Die Hand auf meiner Schulter glitt tiefer und umfasste meine rechte Brust.

Wieder schüttelte ich den Kopf und biss mir auf die Lippe. Ich richtete mich wieder auf und drängte meine Brust gegen seine Hand.

„Willst du?", fragte ich leise.

Er blickte auf meine Muschi, dann in meine Augen.

„Willst du mich anfassen?"

Seine Mundwinkel verzogen sich zu einem Grinsen. „Fuck, klar", antwortete er. „Das?" Er strich über meine Klitoris. „Das alles gehört nun mir." Mit diesen Worten glitten seine Finger unter den Slip und er berührte mich richtig. Die sanfte Berührung durchfuhr mich wie ein heißer Schock.

„Du verzehrst dich ja nach mir, Baby."

Ich legte den Kopf zurück und schloss die Augen. Ich wollte mich an diesen Moment erinnern, an das Gefühl, befriedigt zu werden. Von einem Mann. Nicht von meiner eigenen Hand. Ich zuckte zusammen, als er mit zwei Fingern meine Klitoris zwickte.

„Entspann dich", hauchte er und drückte mich in den Stuhl. „Du musst nicht nervös sein. Du bist bei mir ganz sicher. Genieß einfach alles, was ich mit dir machen werde."

Ich blickte an mir herunter, sah seinen tätowierten Arm zwischen meinen Schenkeln, seine Finger verschwanden unter dem pinken Slip. Es war so erregend, von diesem verruchten Typen berührt zu werden, dass ich vor Lust wimmerte.

„Schsch. Deine Lust gehört nun

mir. Nur mir. Ich will nicht, dass das jemand anderes hört."

Er zögerte keine Sekunde, schob mein Top hoch und löste vorn den Verschluss vom BH. Ich sah zu, wie sein Mund sich meiner harten Brustwarze näherte. Unsere Blicke trafen sich, dann öffnete er den Mund und nahm sie zwischen die Lippen.

„Fuck, ja. Ryan ..." Es wurde immer schwieriger für mich, einen ganzen Satz zu sprechen oder leise zu sein. Ich konnte kaum noch reden. Wollte es auch gar nicht mehr. Ryan hatte mir gesagt, ich sollte mich entspannen und genießen. Und genau das würde ich jetzt tun. Ich schloss die Augen und genoss das Gefühl, wie er an meiner Titte saugte und gleichzeitig meine Muschi streichelte. Ich schnappte nach Luft und keuchte laut, als er einen Finger in mich steckte und rein und raus bewegte. Genau das wollte ich von seinem Schwanz auch haben. Ich bog meinen Rücken durch, wollte mich tiefer auf seinen Finger schieben, indem ich mein Becken nach vorn drückte. Er lachte kurz auf und schob einen weiteren Finger in mich rein.

„Du bist so eng. Jungfräulich eng."

„Oh Gott", keuchte ich noch lauter, als seine Hand sich immer schneller bewegte. Ich riss die Augen auf und sah zu, wie er an meiner Brustwarze saugte. Er nahm den Mund weg und sah mich an.

„Du bist so nass. Und ein bisschen zu laut." Er grinste breit. „Stell dir vor, wie es ist, wenn ich erst mal meinen Schwanz in dich stecke. Deine kleine enge Fotze wird von mir gespalten, Schätzchen. Ich bin groß und diese Pussy gehört mir. Mach dir keine Sorgen. Ich mache sie passend für mich."

„Ja … ja … bitte." Ich stieß mit dem Becken nach vorn, drängte mich der Lust entgegen. Seine schlüpfrigen Worte hatten mich noch heißer gemacht. Ich war kurz davor, zu kommen. „Ich will nicht länger eine Jungfrau sein."

„Gierig, was?" Er schüttelte tadelnd den Kopf. „Du brauchst meinen fetten Schwanz, nicht wahr? Du musst aber noch ein wenig Geduld haben." Er fickte mich weiter mit dem Finger und drückte mit dem Daumen gegen meine Klitoris. „Dein erster Fick wird nicht im Hinterzimmer meines Ladens stattfinden. Du sollst das beste erste Mal haben, dass du dir vorstellen kannst. Und wenn ich das mache, dann dauert das die ganze Nacht."

Er ließ seinen Blick über meinen Körper gleiten, bis er bei seinen Fingern ankam, die wieder und wieder in mich stießen. Mit jedem Druck auf meine Klitoris kam ich dem Orgasmus näher. Aber das war so viel besser als das, was ich mir selbst immer besorgt hatte.

Ist es das? Bin ich ...?

Ich konnte mein Stöhnen nicht länger unterdrücken, weder in der Häufigkeit noch in der Lautstärke. Er nahm das als Hinweis, noch schneller und tiefer in mich einzudringen, bis ich mich an seinem Arm festkrallte, um nicht vor Lust abzuheben.

„Oh Gott, Ryan. Ich komme."

Ich ließ es geschehen, ergab mich der Lust und ritt seine Finger. Ich hatte keine Ahnung gehabt, dass es so sein könnte, dass es tief in mir Stellen gab, die es so unglaublich lustvoll machten. Ich kriegte kaum Luft, während seine Finger immer langsamer wurden. Nach einer Weile hatte ich genug Kraft gesammelt, um die Augen zu öffnen. Ich blickte auf seine Finger, die nass von meinem Saft waren. Er hob sie an seinen Mund und lutschte sie sauber.

„Ich hätte mich fast in meiner Hose ergossen, allein von deinem Stöhnen", sagte er und kicherte.

„Das können wir natürlich nicht zulassen", erwiderte ich kess. „Ich will das noch mal machen, aber dieses Mal mit deinem Schwanz in mir drin. Du hast gesagt ..."

„Ich habe gesagt, du sollst dich entspannen." Er grinste und rückte seine Hose zurecht, die eine riesige Beule aufwies. Und das Ding sollte in mich reinpassen? „Später. Wenn ich dich in meinem Bett habe und du nicht wegmusst."

Ich nickte und lächelte. Meine Muschi zuckte erneut bei der Aussicht auf mehr. „Aber ich will dennoch auch ein Tattoo."

Er lachte auf. „Mag sein, aber das ist nicht das Wichtigste im Moment, nehme ich an? Ist deine Muschi noch gierig?"

Ich biss mir auf die Lippe und nickte. Was er gerade mit mir gemacht hatte, ließ mich nach mehr verlangen.

Er half mir auf und klatschte mir auf den Arsch. „Später. Auf jeden Fall später."

5

Ryan

Ich war mir nicht sicher, was mehr Schaden nahm: meine Knöchel oder der Sandsack. Seit über fünfzehn Minuten boxte ich bereits wie besessen auf ihn ein. Bestimmt fingen meine Knöchel gleich an zu bluten.

Was zur Hölle hatte ich mir bloß dabei gedacht?

Ein paar Stunden zuvor wäre ich im

Leben nicht auf den Gedanken gekommen, ich könnte Taylor auch nur berühren. Allein schon nicht, um sie zu beschützen. Sie war wie zerbrechliches Porzellan, rein und zart. Ich hingegen war ein böser Bube. Ich war alles, was nicht gut für sie war. Meine Familie hatte mich enterbt, ich bewegte mich nicht mehr in der besseren Gesellschaft. Ich trug Tattoos. Ich war einfach zu gefährlich für sie. Und ich hatte sie besudelt. Ich hatte sie beschmutzt.

Und es hat ihr gefallen.

Ich sah den Ausdruck auf ihrem Gesicht, als sie das erste Mal für einen Mann kam. Ich hatte das bewirkt. Sie war für mich gekommen. Ihre Augen waren geschlossen, aber ihr Mund stand offen und sie gab erstickt Laute der Lust von sich. Ich hätte ihr den Mund zuhalten oder sie küssen sollen. Denn sie war laut genug, dass jeder im

Laden es hatte hören müssen. Es mochte arrogant klingen, aber für mich war das Stöhnen einer Frau immer so etwas wie eine Medaille gewesen.

Aber sie war mehr als nur eine schnelle Nummer und ich wollte sie mit Sicherheit nicht mit irgendjemandem teilen.

Da war etwas an Taylor, das wie eine Droge auf mich wirkte. Allein das Gefühl ihrer jungfräulichen Muschi, die meine Finger nass machte, ließ mich nach mehr verlangen. Aber das ging leider nicht. Sie war eine verdammte Prinzessin. Ihr ganzes Leben war vorausgeplant. Mit der Unterstützung und dem Geld ihrer Familie lag eine schöne, erfolgreiche Zukunft vor ihr. Sie war hinreißend, klug und reich – ein dreifaches Risiko. Ich war einfach nicht gut für sie.

Aber sie hat mir ganz direkt gesagt,

dass sie mich will. Sie war zu mir gekommen. Sie war über meine Hand gekommen.

Sie wollte mich für den Sex. Wenn sie mich einfach nur benutzen wollte, um einmal zu erleben, wie sich ein fetter Schwanz anfühlt, bevor sie sich für den Rest ihres Lebens mit Blümchensex zufriedengab, dann war das auch in Ordnung. Aber ich war seltsamerweise sehr besitzergreifend. Ich wusste, sobald ich in die enge Muschi eindringen und ihren süßen Saft auf meinem Schwengel spüren würde, ihr die Unschuld raubte, dann gehört sie mir.

Verfluchter Mist. Wieso konnte ich nicht aufhören, an sie zu denken? Ich hörte mit dem Boxen auf und ging duschen.

Taylor war nur ein Mädchen, eine Jungfrau ... ein unberührtes Mädchen, das mir direkt ins Gesicht gesagt hat, dass sie von mir gefickt werden will.

Wie konnte jemand gleichzeitig so sexy und so unschuldig wirken? Noch viel besser war die Tatsache, dass sie keine Ahnung hatte, wie reizvoll sie war, ihr Charme, ihre Leidenschaft. Eine Leidenschaft, die ich in ihr geweckt hatte.

Ich schüttelte den Kopf und schloss die Augen. So wurde das nichts. Ich musste aufhören, ständig an sie zu denken und wieder klar im Kopf werden. Ich war doch kein rolliger Teenager mehr. Ich war 24, hatte Tattoos überall am Körper. Das machte mich gefährlich sexy, hat mir mal jemand gesagt. Ich hätte Sex mit erfahreneren Frauen haben können. Ich hätte jetzt sofort gleich mehrere Frauen anrufen können, die alles hätten stehen und liegen lassen, um vor mir auf die Knie zu sinken und meinen Schwanz zu lutschen. Ich musste aufhören, an Taylor zu denken, an ihr welliges, braunes Haar und das süße, spitze Kinn und ihre unschuldigen, braunen Augen. Ihre rosigen Nippel und die Art, wie sie an meiner Zunge hart wurden, ihre fast noch minderjährige Muschi und wie sie mir beim Orgasmus fast die Finger gebrochen hätte, weil sie heftig kam. Ihr Aroma, als ich mir ihren Saft von den Fingern leckte. Ihren Geruch hatte ich noch immer in der Nase.

Fuck. *Fuck.* *HÖR AUF!*

Ich wusste, was zu tun war.

Ich würde noch ein paar Minuten an sie denken und dann komplett damit aufhören. Ich stellte die Dusche an, wartete, bis das Wasser kochend heiß war und stellte mich darunter.

Als ich meine Finger um meinen Schwengel schloss, entrang sich ein Stöhnen meiner Kehle. Schnell bewegte ich meine Hand auf und ab. Ich schloss die Augen und erinnerte mich daran, wie wir es getan hatten. Danach würde ich aufhören an sie und ihre süße, nasse Pussy zu denken.

Fuck. Ich wurde noch härter, als ich daran dachte, wie sie die Schenkel gespreizt hatte, während ich es ihr mit den Fingern besorgte. Sie war eng. Die Vorstellung, meinen Schwanz in ihr zu versenken, ließ mich grinsen. Ich konnte nicht so lange warten. Sie war so nass geworden, nur von meinen Fingern. Ich wollte, dass sie meinen Schwanz massierte, mir den Saft herauspresste, bis die Eier leer waren. Ich wollte sie stöhnen hören und sehen, wie sie vor Lust die Augen schloss. Ich wollte hören, wie sie meinen Namen herausschrie, und zwar nur meinen Namen. Ich wollte, dass sie sich in meinen Rücken krallte, mich zeichnete, während ich sie tief in ihr drin ebenfalls markierte als derjenige, der ihre Unschuld geraubt hatte.

„Fuck ... ja ...", keuchte ich, packte meinen Schwanz noch fester und masturbierte immer schneller. „Taylor, ... fuck ... ja ..."

Ich stellte mir vor, wie ich unnachgiebig in sie eindrang. Sie lag wieder im Stuhl in meinem Laden, aber dieses Mal lag ich auf ihr und sie hatte ihre Schenkel um mich geklammert. Ihre Finger gruben sich in meine Arschbacken, zogen mich fester an sie, damit ich noch tiefer in sie eindringen konnte.

Ich knurrte wie ein wildes Tier, als ich spürte, wie sich mein Höhepunkt näherte. *Stoß härter, stoß härter.* Ich schlug mit der Faust gegen das Glas der Dusche, als ich kam und mein Samen sich mit dem heißen Wasserstrahl vermischte.

Fuck. Das hörte nicht auf. Mein Schwanz war noch immer steif und ich wusste, das würde so bleiben, bis ich sie gehabt hatte. Nach dem Wichsen hätte ich eigentlich aufhören sollen, über eine achtzehnjährige Jungfrau zu fantasieren. Ich sollte nicht mehr daran denken, eine verwöhnte, reiche Prinzessin zu vögeln. Mir sollte nun klar sein, wie falsch das war. Aber ich konnte nicht anders. Ich musste sie einfach haben. Mein Schwanz wollte eben, was er wollte.

Sie wollte mich ja auch. Sie hat gesagt, sie wollte, dass ich ihr die Unschuld nehme. Ich könnte sie also haben. Sie hat es selbst gesagt. Das war an sich ja in Ordnung. Aber ich wollte sie anschließend auch behalten. Ich wollte vor allem nicht, dass jemand anderes sie bekam. Nicht einmal, dass jemand anderes sie überhaupt berührte. Sie sollte allein mir gehören. Und ich war Arschloch genug, um die Sache durchzuziehen. Aber sie würde jede Sekunde genießen, wenn mein fetter Schwanz sie bis zum Anschlag ausfüllte.

Taylor

Hör auf, ständig deine Entscheidung zu hinterfragen.

Nachdem ich das Tattoostudio verlassen hatte, ging ich shoppen. Ich konnte nicht aufhören, daran zu denken, wie sehr Ryan mitgegangen war, wie geschickt er mich gefingert hatte, bis ich kam. Dann meinte er auch noch, dass er mein erstes Mal ein wenig hinauszögern wollte. Die meisten Typen wären einfach auf mich drauf geklettert und hätten mich in dem Stuhl dort gefickt.

Himmel, er sah aus, als hätte ihn der Schlag getroffen, als ich ihm sagte, ich sei noch Jungfrau und vollkommen unberührt. Als wäre ich ein Einhorn oder sonst eine seltene Spezies. Meine Freundinnen und ich hatten diesen Pakt geschlossen, weil Jungfrauen am College schräg angeschaut wurden. Die Filme und die Medien waren daran schuld. Aber offenbar gefiel Ryan der Gedanke, dass ich noch Jungfrau war.

Aber wenn ich mich ihm hingab, dann musste es auch für ihn etwas ganz Besonderes sein. Er sollte sich tief in mir ergießen. Der eine Orgasmus hatte mich so scharf gemacht. Ich kaufte mir ein weißes Sommerkleid und dazu passende Sandalen. Das makellose Kleid war perfekt als Symbol der Reinheit. Und genau das war ich ja, oder? Rein, bis auf den Fingerfick im Hinterzimmer des Tattoostudios. Ich wollte äußerlich unschuldig wirken auf jeden, der mich ansah. Aber gleichzeitig wollte ich lüstern sein für Ryan, indem ich rote Wäsche trug, die nur er zu sehen bekam. Rote Seide. Ich hatte mal irgendwo gelesen, dass Männer das anmachte.

Aber jetzt saß ich Ryan gegenüber und musste ein Stirnrunzeln unterdrücken. Er sollte nicht denken, dass ich das Essen nicht genoss. Steak und Gemüse. Es war sehr lecker. Er hatte sich die Mühe gemacht und für mich gekocht. Ich war nur ein wenig enttäuscht, weil ich dachte, ich hätte vielleicht den unschuldigen Look etwas übertrieben. Seit über einer Stunde aßen und redeten wir. Nicht ein einziges Mal hat er auch nur angedeutet, was wir miteinander in seinem Laden getan hatten. Oder weshalb ich jetzt hier war. Er hatte nicht die Sachen vom Tisch gefegt, um stattdessen mich darauf zu vernaschen. Er war ein vollkommener Gentleman.

„Taylor, ist alles in Ordnung?"

Mist. Ich war zu sehr mit meinen eigenen Gedanken beschäftigt.

„Hey, tut mir leid …", erwiderte ich und blickte von meinem Teller auf, um in seine blauen Augen zu schauen. „Ich war für einen Moment abgelenkt. Das Steak ist sehr lecker."

Wenn ich eines gelernt hatte bei diesen noblen Veranstaltungen, zu denen mein Vater mich immer mitschleppte, dann war es die Kunst, eine Konversation zu führen. Ich wollte nicht, dass Ryan dachte, ich hätte ihm nicht zugehört, weil ich die ganze Zeit über ihn nachdachte.

„Gut. Ich kann es beim nächsten Mal auch wieder machen. Oder möchtest du lieber etwas Abwechslung?"

Meine Augen weiteten sich.

Meinte er etwa …?

„Ich nehme nicht deine Unschuld und verdrücke mich dann, Püppchen." Sofort spürte ich die Erregung in meiner Muschi. Wieder musste ich daran denken, was wir vor wenigen Stunden getan hatten, wie er mit den Fingern in mir drin war und mit meiner Klitoris gespielt hatte. Er hatte es mir weder mit dem Mund noch mit dem Schwanz besorgt, aber er hatte mich zum Höhepunkt gebracht. Ich konnte mir vorstellen, wie es sein würde, wenn wir richtig miteinander fickten.

Aber bald wäre ich hoffentlich nicht mehr allein auf meine Vorstellungskraft angewiesen, ich würde ihn wirklich haben. „Ich will Sex mit dir, jederzeit und immer wieder."

Mit jedem seiner Worte wurde ich schärfer und feuchter. Das war Musik in meinen Ohren. Für den Sommer hatte ich noch nichts geplant. Ich wollte mich lediglich auf das College vorbereiten und möglichst meinen Vater davon abhalten, mich in die Firma zu zwingen. Ich hatte mich auf einen langweiligen Sommer eingestellt, während einige meiner Freundinnen den Schulabschluss mit weiten Reisen feierten. Ich hatte die Aussicht auf jede Menge Fernsehserien, Shopping und die Suche nach einem Typen, der mir die Unschuld nahm.

Und nun bekam ich mehr, als ich erwartet oder gewollt hatte.

„Was ... wie meinst du das?", fragte ich langsam. Etwas in seinem Blick sagte mir, dass mehr dahintersteckte.

„Zieh bei mir ein ... für einen Monat."

Ich erstarrte und dachte nach. Mein Vater hatte einige Geschäftsreisen in seinem Terminkalender. Er wäre also ziemlich oft gar nicht in der Stadt. Ich könnte es also tun, bei Ryan einziehen. Und wenn mein Vater mal zu Hause war, würde ich ihm sagen, dass ich bei einer Freundin übernachte.

Also nickte ich. Er sah ein wenig schockiert aus, dass ich so schnell einverstanden war.

„Das heißt Sex, wann immer ich will, wo immer ich will."

Mein Hirn gab mir zu verstehen, dass meine Alarmglocken nun eigentlich läuten sollten, aber meine Muschi wurde nur noch feuchter. Seine Forderungen machten mich an, der besitzergreifende Ton ebenfalls. Ich dachte immer, Männer in den Zwanzigern könnte ich nicht haben, weil sie so viel reifer waren und mit einer ahnungslosen Jungfrau nichts zu tun haben wollten. Aber nun wurde mir klar, dass ich damit falsch gelegen hatte, zumindest was Ryan betraf. Seine Gier, mich für sich allein zu haben, gab mir ein gutes Gefühl und ließ mich meine Unsicherheit vergessen. Als ich ihm gesagt hatte, dass mich noch niemand je berührt hatte, war da dieser besondere Ausdruck in seinen Augen gewesen, als ob er niemals zulassen würde, dass jemand anderes mit mir tat, was er kurz zuvor gemacht hatte.

„Und wir werden keine Kondome benutzen. Ich will mit meinem Schwanz deine Pussy spüren, so wie vorhin meine Finger dich spürten. Du musst also die Pille nehmen."

Ich grinste breit. Ich nahm schon seit einigen Jahren die Pille, um meine Periode zu regulieren. Ich war bereit. Ich konnte nicht länger warten.

„Einverstanden."

6

Ich war innerlich zum Zerreißen angespannt. Es war soweit. Endlich würde es passieren. Ich würde endlich Sex haben. Und mein erstes Mal würde mit diesem Mann sein.

Mit einer raschen Bewegung nahm Ryan mich auf den Arm und trug mich hinüber zum Bett. Ich klammerte mich an seine Schultern und hätte vor Aufregung platzen können. Seine breite Brust und die Schultern waren ebenso muskelbepackt wie der Rest von ihm. Ich konnte noch nicht richtig fassen, dass ich mit ihm Sex haben würde. Einen besseren Mann hätte ich dafür nicht finden können. Dabei dachte ich, er wäre unerreichbar. Er wirkte so gefährlich und knallhart, dass ich mir im Vergleich zu ihm dumm und unerfahren vorkam. Ich war immerhin acht Jahre jünger und noch Jungfrau. Er hatte das Aussehen und den Körper eines Models und so viel Erfahrung, wie sich ein Mädchen nur wünschen konnte. Er war die Art Mann, dem man auf der Straße nachschaute und sofort schmutzige Fantasien entwickelte.

Und ich würde mich jetzt mit ihm in den Laken wälzen.

Ich konnte nicht anders, ich musste grinsen. Offenbar bemerkte er es, denn er blickte mich fragend an.

„Aufgeregt?"

Noch bevor ich antworten konnte, ließ er mich auf das Bett fallen. Ich quiekte. „Ryan!"

Er lachte auf und kam ebenfalls auf das Bett. Sofort begann er, meinen Körper mit den Augen und mit den Händen zu erkunden. Mir fiel das Atmen schwer, als er meinen Hals streichelte, dann hinunter zu meiner Hüfte, bis zur Innenseite meiner Schenkel. Dann wanderten seine Finger wieder hinauf. Er legte seine Hand an meine Wange und schaute mir in die Augen.

„Du bist so wunderschön."

Ich konnte nichts tun außer lächeln. Die Art, wie er mich ansah, machte mich sprachlos. Es gab so viele

Dinge, die ich sagen wollte, wie scharf ich ihn fand, wie eilig ich es hatte, wie unvorstellbar es noch immer war, dass er tatsächlich mit mir schlafen wollte, aber in diesem Moment brachte ich einfach kein Wort heraus. Seine durchdringenden blauen Augen sahen mich so intensiv an, dass ich wie erstarrt war und Angst hatte, etwas falsch zu machen, so dass er seine Meinung ändern und mich hier sitzen lassen würde.

Bevor mich die Panik überwältigte, legte Ryan seine Hand auf meine Taille und küsste mich gierig. Für einen Moment riss ich schockiert die Augen auf, dann schloss ich sie und gab mich dem Genuss seiner Lippen hin. Es war sinnlos, jetzt noch zu grübeln, ob ich alles richtig machte. Ich musste meine Hemmungen fallen lassen und darauf hoffen, dass ich von den vielen Pornos, die ich mir angeschaut hatte, ausreichend gelernt hatte.

Ich bewegte meine Lippen auf seinen, langsam und zärtlich, was seinen Kuss noch intensivierte. Dann leckte er mir über die Unterlippe und ich öffnete mich, um seine Zunge zu empfangen. Unterdessen streichelte er mit einer Hand über meine Seite, während die andere mich fest im Nacken gepackt hatte. Nach einer Weile löste er seinen Mund von meinem und begann, Küsse über meinen Kiefer und Hals zu verteilen.

„Oh Shit", keuchte ich, als er mir in die Halsbeuge biss und anschließend darüber leckte und küsste. So etwas hatte ich noch nie empfunden, es war unglaublich. Wenn allein das Küssen sich so anfühlte, wie musste es dann erst sein, von ihm gefickt zu werden? „Das ... ist ... so ... gut."

„Ich dachte mir, dass dir das gefällt", meinte er, sah kurz auf und erkundete mich weiter. „Ich muss dich anfassen, du bist so … so …"

„Ich bin ganz dein", sagte ich. Mein Mut hatte mich wieder. Mit jeder Sekunde wurde ich erregter und feuchter. Ich hoffte, er sah mir meine Ungeduld nicht an. Ich wollte ihn endlich nackt sehen und in mir drin spüren. Wenn er mit diesem Vorspiel so weitermachte, würde ich explodieren und dann keine Kraft mehr haben, wenn es darauf ankam. Die Art, wie er mich küsste und berührte, waren heiß, aber auch anstrengend. Ich wollte ihn nicht enttäuschen, wenn es endlich soweit war.

Er hatte mir ein wunderbares erstes Mal versprochen. Aber ich wollte, dass es für ihn auch toll war.

„Meinst du das?", fragte er grinsend, nahm eine meiner Brüste in die Hand. Ich spürte die Berührung durch den dünnen Stoff meines Sommerkleides. „Und das?" Ein einzelner Finger strich über den Stoff meines Slips, legte sich auf meine Muschi und ich konnte nur noch gierig nicken. „Wie ist das?"

Ehe ich reagieren konnte, zerriss er das Kleid, öffnete den BH und nahm einen Nippel in den Mund, während er mit zwei Fingern über den Slip rieb. Ich bäumte mich ihm entgegen. So etwas hatte ich noch nie erlebt. Ich hatte mich an diesen Stellen schon oft selbst berührt, aber es fühlte sich so viel besser an, wenn das jemand anderes tat.

Ich biss ihm fest in die Schulter, als er anfing, meine Klitoris zu streicheln. Mein Atem kam laut und keuchend, meine Fingernägel gruben sich in seine

Haut und meine Pussy verkrampfte sich vor Lust. Als sei das noch nicht genug, riss er mit einer Hand meinen Slip herunter und steckte einen Finger in mich rein. Ich hob vom Bett ab, als ein zweiter Finger folgte. Ich schloss die Augen, als er anfing, die Finger rein und raus zu bewegen, während sein Daumen meine Klitoris massierte und er weiterhin unablässig meine linke Titte leckte und biss. Dieses Übermaß an Lust war unglaublich. Dabei war es streng genommen noch immer kein Sex. Ich stieß mit dem Becken nach vorn, konnte nicht genug bekommen, wollte mehr von seinen Händen, seinen Fingern, tief in mir drin, und spürte schon den aufsteigenden Orgasmus.

So schnell schon? Seine Bewegungen wurden immer schneller und heftiger. Ich wusste, ich würde gleich kommen. Ich konnte nicht fassen, wie schnell er mich zum Höhepunkt bringen konnte. Wenn ich mich selbst befriedigte, dauerte es immer viel länger.

„Fuck, Ryan, ich komme ..., ich komme ..."

„Komm über meine Hand, na los." Sein Mund wanderte von meiner Brust zu meinen Lippen. Ich stieß einen erstickten Schrei aus, sein Mund verschloss meinen, dann brachen alle Dämme und ich kam über seine Finger. Er bewegte seine Hand weiter, bloß etwas langsamer, während mein Kopf auf das Kissen sank und ich nach Atem rang.

„Ryan ..., das war ..." Er küsste mich schnell und hart auf den Mund, beugte sich dann zur Seite und holte etwas aus dem Nachtschränkchen. Meine Augen weiteten sich, als ich sah, dass es sich um einen Vibrator handelte.

„Was denn?" Das Grinsen auf

seinem Gesicht war unmissverständlich. Er legte den Vibrator auf das Bett, stand auf und zog sich aus. Erst jetzt wurde mir bewusst, dass ich schon die ganze Zeit komplett nackt war, während er nicht ein einziges Kleidungsstück abgelegt hatte. Diese Vorstellung machte mich sogleich wieder scharf. Er angezogen, ich nackt, das war eine heiße Zurschaustellung von Macht. Jetzt aber, da er seinen muskulösen Körper vor mir entblößte, zeigte er mir eine andere Form von Macht. Er hatte sich diesen sexy Körper durch harte Arbeit verdient. Ich konnte mich nicht satt sehen an ihm. Dann griff er nach dem Vibrator und schaltete ihn ein.

„Du warst nicht die Einzige, die shoppen war. Als Nächstes kommst du über meinen Schwanz."

Ryan

Ich sah, wie sich ihre Augen weiteten und konnte mir ein zufriedenes Grinsen nicht verkneifen. Dann blickte ich an mir herunter und genoss den Anblick. Ich hatte mir ihren Saft über meinen Schwanz geschmiert, er war hart und steif und absolut bereit für sie. Ich fühlte mich wie im Paradies, angesichts der Tatsache, dass ich sie gerade zweimal zum Höhepunkt gebracht hatte. Ich war mit Frauen zusammen gewesen, die nie einen Orgasmus hatten. Andere kamen schon, wenn man nur einen Finger oder Schwanz in sie steckte, ohne sich auch nur zu bewegen. Taylors Körper war perfekt für mich und ich liebte ihn.

„Und jetzt ..." Ihre Augen wurden noch größer, als ich meinen Schwanz vor ihrer Pussy in Stellung brachte. Ihre

Schenkel waren weit gespreizt, denn ich hatte es ihr bereits mit den Fingern, mit dem Mund und mit dem Vibrator besorgt. Sie war bereit. Ihre Schamlippen pulsierten, verkrampften sich, entspannten sich, voller Erwartung, was nun kommen würde.

„Aber ich bin gerade erst gekommen!", rief sie beinahe und setzte sich ein wenig auf. „Ryan, ich weiß nicht, ob ich schon wieder …"

Ich küsste sie hart, um sie zum Schweigen zu bringen. Sie erwiderte den Kuss ebenso leidenschaftlich.

„Entspann dich. Ich habe dir doch versprochen, dass ich dein erstes Mal hinauszögern werde, so lange es geht und dass es der beste Sex deines Lebens sein würde."

„Das meine ich doch! Wie soll es der beste Sex sein, wenn ich schon so erschöpft bin, obwohl ich mich kaum bewegt habe?" Sie errötete bei diesen Worten. Ich fand diese Reaktion so niedlich, mein Schwanz reagierte ebenfalls gierig und stieß leicht gegen ihre Klitoris.

„Taylor, alles ist gut. Entspann dich einfach und denk nicht so viel drüber nach." Ich küsste sie auf die Stirn. „Sex ist nicht wie Schule, man braucht keinen Plan oder muss sich vorbereiten. Hier wird man nicht wegen irgendeiner Kleinigkeit zum Direktor geschickt. Beim Sex lernt man gemeinsam. Man kann einfach man selbst sein."

Sie schwieg und schien ernsthaft darüber nachzudenken, dann sah sie mir in die Augen und nickte. Schließlich atmete sie tief durch und schaute mich erwartungsvoll an. Ich drang in sie ein und beugte mich vor, um sie zu küssen. Ich wusste, es würde ein bisschen weh tun, daher wollte ich sie mit den Küssen davon ablenken, dass ich ihr Jungfernhäutchen zerriss. Außerdem waren ihre Lippen so weich, ich hätte sie den ganzen Tag küssen können. Jeden Tag. Ich musste grinsen, als mir unsere Abmachung wieder einfiel. Sie hatte zugesagt, für einen Monat bei mir einzuziehen und mir sexuell zu Willen zu sein. Animalische Triebe erwachten in mir. Einfach alles an ihr machte mich an, ihr Aussehen, wie sie sich bewegte, wie sie sprach, und *fuck* ...

Ich schloss die Augen, als ich ihre innere Hitze spürte. Als sie sich um mich krampfte, stöhnte ich auf.

„Entspann dich, es wird gleich besser. Wir machen langsam", sagte ich und küsste sie weiter.

Als ich nicht mehr tiefer in sie eindringen konnte, fing ich an, mein Becken auf und ab zu bewegen. Ich fing langsam an, wie ich es versprochen hatte. Ich öffnete die Augen, um zu sehen, wie sie zurechtkam. Sie sah aus, als hätte sie keine Probleme mit meiner Größe. Ein wenig angespannt war sie wohl, hatte die Augen fest geschlossen, aber von Aufhören sagte sie nichts. Dann begann sie, ebenfalls ihre Hüften zu bewegen, erhöhte ich mein Tempo ein wenig. Schließlich fickte ich sie, als hinge mein Leben davon ab, und spürte meinen eigenen Orgasmus aufsteigen.

Fuck yeah.

Ich wurde langsamer, bis ich mich komplett in sie ergossen hatte, dann zog ich meinen Schwanz heraus und sah, wie mein Samen aus ihrer Muschi tropfte. Ein bisschen Blut war auch dabei. Ich nahm sie sofort auf die Arme und trug sie ins Bad. Dort setzte sich sie kurz ab, stellte die Dusche an und säuberte sie.

„Das war umwerfend", sagte sie, als ich ihre Pussy einseifte und massierte. Ich sah genau hin, keine Spur mehr vom Blut. „Danke …"

„Wer sagt denn, das wir schon fertig sind?" Ich grinste sie erneut an.

„Du meinst …?"

„Ich habe gerade erst angefangen." Um meinen Standpunkt zu verdeutlichen, fuhr ich mit den Fingern von ihren Schamlippen zur Klitoris. Ich rieb sie mit einer kreisenden Bewegung, was es für Taylor schnell unmöglich machte, aufrecht stehenzubleiben, so dass sie sich an mich lehnte. Mein Ego fühlte sich geschmeichelt. Ich konnte nicht in Worte fassen, was ich bei ihr empfand. „Du gehörst ganz mir, für dreißig Tage. Ich werde das reichlich ausnutzen. Dich."

Ich starrte sie an.

„Du warst unberührt. Ungefickt."

Sie legte einen Arm um meine Schultern, während sie mit dem anderen meinen Schwanz massierte. „Und ich bin der einzige, der dich anfassen und ficken darf, bis du schreist vor Lust."

7

yan

Vor einer Woche haben wir die Vereinbarung getroffen. Vor einer Woche ist sie bei mir eingezogen. Ich wusste, ich konnte mich nur noch retten, wenn ich es beendete. Ich wollte es nicht zugeben, aber es hatte mich total erwischt.

Ich war verliebt in das Mädchen.

Alles an ihr zog mich an, es war beinahe lachhaft. Sie verkörperte die Gesellschaft, die ich so verabscheute und der ich den Rücken gekehrt hatte. Sie war Daddys kleines Mädchen, das alles bekam, was es wollte. Sie hatte keinen einzigen Tag in ihrem Leben arbeiten müssen, wusste nicht, was es bedeutete, sich von einer Lohntüte zur nächsten zu hangeln. Sie war die Art Frau, die bei einer einzigen Shoppingtour tausende Dollar auf den Kopf haute. Sie verließ das Haus nicht, ohne sich zu schminken. Als ich sie einlud, mit mir eine Wandertour zu machen, kam sie mit Sommerkleid und Slippern an. Sie war so unglaublich naiv. Ich hätte sie auslachen sollen. Stattdessen lachten wir gemeinsam.

Sie war zwar naiv, aber sie war auch die einfühlsamste Person, die ich kannte. Als ich ihr eines Nachts im Bett davon erzählte, wie ich mich entschieden hatte, meiner eigenen Leidenschaft nachzugehen, anstatt dem Erfolgsplan meines Vaters zu folgen, hörte sie sehr aufmerksam zu und stellte viele Fragen. Sie zeigte aufrichtiges Interesse an meinem Leben. Aber mein Leben war nicht das, was sie verdient hatte. Ich konnte sie nicht in die besten Restaurants der Stadt ausführen. Ich musste die Miete für die Wohnung und den Laden bezahlen, plus den Lohn für meine Angestellten. Stattdessen schlug sie vor, wir sollten gemeinsam daheim kochen. Sie meinte, sie wollte das ohnehin lernen, bevor das College anfing, aber ich wusste das dennoch sehr zu schätzen. Ich war mit Frauen ausgegangen, die immer nur gefordert hatten. Aber Taylor, die doch ein Recht auf das Leben hatte, das ihre Familie ihr bieten konnte, verlangte nie etwas. Außer Sex. Sie hatte verlangt, dass ich ihr die Unschuld raube, und das habe ich ausgiebig getan.

Innerhalb der einen Woche hatte sie viel gelernt und war sehr daran gewachsen. Nun lernten wir gemeinsam neue Dinge. Sie zeigte mir, wo sie besonders gern liebkost wurde, ich zeigte ihr, wie sie es mir mit der Hand gut besorgen konnte, indem sie fester zupackte. Sie war immer willens, dazuzulernen, sowohl im Schlafzimmer als auch außerhalb. Ihre Neugier auf alles, besonders auch auf mein Leben, sorgten, dafür, dass ich aus dieser Nummer gar nicht heraus wollte.

Ich wollte, dass sie ganz und gar mir gehörte. Sie sollte niemandem sonst gehören, nur mir. Ich wollte sie markieren als meins, für immer. Ich wollte mein Meisterwerk auf sie malen, das aller Welt zeigte, wem sie gehörte. Es war ein gefährlicher Gedanke und die

Ironie an der Sache ließ mich innerlich schmunzeln. Die Leute hatten immer schon behauptet, ich sei gefährlich, bloß weil ich Tattoos hatte. Nun lernte ich, dass jungfräuliche Mädchen in pinken Kleidern und Samtsandalen genauso gefährlich sein konnten.

„Das gefällt dir, was?"

Ihre sanfte, weibliche Stimme holte mich sofort in die Gegenwart zurück. Ich stellte die Maschine ab und legte die Nadel beiseite. Ich musste daran denken, später eine neue Nadel zu nehmen. Wenn sie zu lange an der Luft trockneten, waren sie nicht mehr gut verwendbar.

„Hm?" Ich stand auf und beugte mich zur ihr für einen schnellen Kuss.

Ich lehnte mich zurück und bewunderte ihren Anblick. Sie bekam ihr Tattoo auf die Hüfte, aber sie lag komplett nackt in meinem Stuhl. Ich hätte mich natürlich nur auf die Hüfte konzentrieren sollen, aber ich war sehr versucht, die Stelle zu ignorieren und mich ihrer Pussy zu widmen. Nicht mit der Nadel, sondern mit meinem Finger. Oder noch besser, mit meinem Schwanz.

„Wenn ich mit deinem Haar spiele", erwiderte sie schnell. Ich zwang mich, nicht an den Druck in der Hose zu denken. Die Erektion musste noch ein wenig warten. Zuerst sollte das Tattoo fertig werden. „Du siehst immer so aus, wie eine Katze, die sich an mir reiben will." Bevor ich dazu etwas sagen konnte, fuhr sie fort. „Aber ich mag das. Nein, ich liebe es."

„Es ist angenehm, das gebe ich zu", sagte ich und lächelte. Ich war der Typ, vor dem Frauen normalerweise gewarnt wurden. Es gab nicht gerade eine lange Schlange von Leuten, die gern mit meinem Haar spielten und mit mir kuscheln wollten. Sie erwarteten immer, dass ich rau und grob war. Sex mit mir hatte nichts mit Blümchen und Bienchen zu tun. Er war hart, grob und nicht leicht für jede Frau, damit umzugehen. Die Vorstellung, dass Taylor mit meinem Haar spielen wollte, wärmte mir das Herz. Sie konnte mit mir machen, was sie wollte. „Es macht mich außerdem schläfrig und das möchtest du gerade in diesem Augenblick doch lieber nicht, nehme ich an."

Ich straffte die Haut über ihrem Hüftknochen und bewunderte meine Kunst auf ihrem Körper. Der Schmetterling war zur Hälfte fertig. Ich blickte zur Uhr und sah das Grinsen auf Taylors Gesicht. Ich verstand, was sie meinte.

„Wenn du nicht darauf bestanden hättest, mich überall zu küssen, wären wir sicher längst fertig", neckte sie mich, lachte fröhlich auf, wurde dann aber ernst. „Das ist toll. Ich mag die Struktur der Linien. Dabei ist es noch nicht einmal fertig. Wow."

„Natürlich ist es großartig. Schließlich habe ich es gemacht", protzte ich, beugte mich vor und biss in ihr Ohr.

„Siehst du? Das meinte ich eben. So werden wir nie fertig. Wir werden wohl die ganze Nacht hier verbringen, Ryan", meinte sie und gab mir einen Klaps auf die Schulter. Der Anblick ihres Gesichts ließ mich dahinschmelzen. Ihr Lächeln war unwiderstehlich, auch wenn sie dasselbe über ihre Brüste sagte.

„Beklagst du dich etwa?" Ich zog fragend eine Augenbraue hoch.

Ich wusste, wie ihre Antwort lauten würde, bevor sie es aussprach.

„Natürlich nicht. Aber jetzt beeil

dich." sie presste ihre Schenkel zusammen und küsste mich, als ich sie anstarrte. „Ich werde scharf. Es hilft auch nicht, wenn ich hier die ganze Zeit nackt herumliege."

Fuck. Ich drückte meine wachsende Erektion gegen den Stuhl, in dem Versuch, sie unter Kontrolle zu kriegen, aber es war sinnlos. Es war unmöglich, einen klaren Gedanken zu fassen, wenn sie nackt vor mir lag.

Für das Tattoo. Reiß dich zusammen und bring es zu Ende. Ich machte mir selbst etwas vor. Ich schüttelte den Kopf, wollte vorübergehend jeden Gedanken an Sex verdrängen. Dann nahm ich eine neue Nadel, steckte sie in das Gerät und konzentrierte mich darauf, den Schmetterling zu vollenden. Er sollte schließlich perfekt werden, eine Erinnerung an ihre Mutter. Mein kleiner Schmetterling, so hatte ihre

Mutter sie immer genannt. Dem musste ich gerecht werden. Für die Frau hier vor mir sollte es nur das Beste geben.

Ich wusste nicht, wie lange es dauerte, denn ich machte mir nicht die Mühe, auf die Uhr zu schauen. Es war immerhin auch meine Schuld, dass es länger als gewöhnlich gedauert hatte, weil ich den verführerischen Anblick nicht hatte ignorieren können. Aber irgendwann war der Schmetterling fertig. Und war sehr stolz auf mein Werk. Wir hatten in der Nacht davor einige Designs besprochen. Taylor beschrieb, was sie wollte, ich entwarf ein paar Skizzen, dann verfeinerten wir den Entwurf, bis er ihr vollkommen perfekt erschien. Sie würde ihn für immer auf der Haut tragen, also sollte es auch perfekt sein. Jetzt war er fertig und sie hatte ein breites Lächeln auf dem Gesicht. Ich war entzückt, dass ich dieses Lächeln mit meiner Kunst da hingezaubert hatte.

„Danke, tausend Dank dafür." Sie wirkte ein wenig atemlos. „Wow, auf meiner Haut sieht er noch viel toller aus als auf Papier."

„Ich bin froh, dass er dir gefällt." Ich räumte mein Equipment weg und widmete ihr meine gesamte Aufmerksamkeit. Ich würde nicht zulassen, dass sie sich nun anzog, da sie schon seit Stunden nackt auf meinem Stuhl lag. „Und nun ..."

Sie wandte den Blick vom Schmetterling ab und sah mein breites Grinsen. Ich zog sie schnell in meine Arme, ihre Beine umschlangen meine Hüfte, ich trug sie hinüber zum Tisch. Wir waren beide sehr ungeduldig. Gemeinsam öffneten wir meine Hose, sie schob mir die Unterhose gleich mit runter und machte große Augen, als sie meine dicke Erektion sah.

„Los", sagte sie, lehnte sich zurück, stützte sich auf die Ellenbogen und spreizte die Schenkel für mich. Ich war ein wenig überrascht, dass sie gleich zur Sache kommen wollte, aber als ich in sie eindrang, stellte ich fest, dass sie bereits nass war vor Erregung. Es gab keine Notwendigkeit, sie mit den Fingern vorzubereiten oder sie mit einem Vorspiel in Stimmung zu bringen. Für süßen und romantischen Sex gab es später noch reichlich Zeit. Aber jetzt musste es schnell und hart zur Sache gehen. Wir mochten beide diese Abwechslung.

„Fuck ... fuck ..." stammelte sie außer Atem, während ich sie hart fickte. Beinahe befürchtete ich, der Tisch würde unter uns nachgeben, aber das war mir auch schon egal. Es ging nur noch ums Vögeln. „Der Sex mit dir wird mit jedem Mal immer noch besser."

„Dazu gehören eben immer zwei", sagte ich, presste meine Lippen auf ihren Mund und biss zu. Sie stöhnte auf, genoss es, wenn ich grob mit ihr war und klammerte sich noch fester an mich.

„Ryan, ich ... komme, ich komme ..."

„Ich auch", sagte ich und biss erneut in ihre Unterlippe. „Gemeinsam, jetzt."

Ich stieß rasend schnell in sie, sie hielt sich an mir fest, als hinge ihr Leben davon ab.

Wir waren erst eine Woche zusammen. Ich wollte nicht, dass die nächsten drei Wochen überhaupt anbrachen. Ich wollte sie für mich haben, für immer.

8

Das hätte nicht passieren dürfen. Die Haushälterin war schuld, da bin ich mir sicher. Wenn sie nicht so geschwätzig gewesen wäre und meinem Vater erzählte, dass ich kaum daheim war während seiner Abwesenheit, wären wir nie in diese Lage geraten. Sie hatte es schon immer darauf angelegt, mich in Schwierigkeiten zu bringen.

Ich wusste auch, wieso. Sie musste den ganzen Tag für ein verwöhntes Gör, die Prinzessin arbeiten. Für mich.

Ich hatte meinem Vater gesagt, dass ich bei einer Freundin übernachten würde, aber sie musste es immer wieder erwähnen, dass ich oft nicht da gewesen war und dass ich eine große Tasche mit Klamotten mitgenommen hatte. Die Angelegenheit brachte mein Blut zum Kochen. Sie tat das nie, wenn meine Halbschwestern da waren. Die waren deutlich älter als ich, über sie wagte die Frau keine Geschichten meinem Vater gegenüber zu erzählen. Er hätte immer zu seinen Töchtern gehalten. Er liebte sie, denn sie hatten den Weg eingeschlagen, den er für sie bestimmt hatte, ohne das infrage zu stellen. Sie waren wichtige Persönlichkeiten mit verantwortungsvollen Posten in der Firma unseres Vaters. Ich liebte sie auch, sie kümmerten sich um mich und hatten ein wenig die Rolle meiner Mutter in meinem Leben übernommen.

Aber sie waren gerade nicht hier, auch wenn ich sie nun gebraucht hätte. Ich bezweifelte allerdings, dass sie das Problem überhaupt verstanden hätten. Es würde sicher die meisten Menschen nervös machen, wenn sie erfuhren, dass ich mich einem Mann ausgeliefert hatte, der dreißig Tage lang mit mir Sex haben konnte, wann und wie auch immer er wollte. Und nun verlangte mein Vater zu wissen, wo ich in den letzten Wochen gewesen bin.

Ich gab mich schließlich geschlagen, denn ich fürchtete mich davor, was passieren würde, wenn ich seine Forderungen ignorierte. Also erzählte ich ihm eine halbwegs wahre Geschichte, mit ein paar Notlügen gespickt. Ich gab an, bei meinem Freund übernachtet zu haben. Und jetzt waren Ryan und ich unterwegs, um meinen Vater zum Essen zu treffen.

„Es wird schon alles gut ausgehen, ich bin ja bei dir", sagte er, um mich zu beruhigen. Er legte mir eine Hand auf die Schulter und drückte sie einmal kurz.

Die Geste beruhigte mich tatsächlich ein wenig, aber eine innere Stimme sagte mir, dass es sinnlos war. 28 Tage waren von unserem Arrangement vergangen. In zwei Tagen würde ich wieder bei ihm ausziehen müssen. Der Gedanke verursachte mir einen stechenden Schmerz in der Brust. Es war einfach nicht zu leugnen. Nachdem ich fast einen Monat lang jede wache und schlafende Minute mit ihm verbracht hatte, war es unvermeidbar, dass ich mich in ihn verlieben würde.

Aber ich war nur ein Zeitvertreib.

Er wollte eine Jungfrau und nun hatte er bekommen, was er wollte, hatte seine Fantasie in die Tat umgesetzt. In ein paar Tagen würde er sich wieder auf dem Markt nach einer anderen umschauen, Supermodels vögeln, sich mit erwachsenen Frauen treffen, die wie Göttinnen aussahen und viel mehr sexuelle Erfahrung besaßen als ich.

„Woran denkst du?", fragte Ryan und holte mich aus meinen Grübeleien. Ich schwieg, während er meinen Wagen in die Einfahrt des Fünf-Sterne-Hotels lenkte. Die Autotüren wurden von aufmerksamen Angestellten geöffnet, Ryan reichte einem von ihnen den Wagenschlüssel und wir gingen ins Hotel hinein.

Drinnen begrüßte uns eine breite Treppe mit Marmorsäulen und goldenen Verzierungen. Ryan nahm meine Hand. Als ich ihn anschaute, bemerkte ich auf seinem Gesicht eine Spur Unsicherheit. Er hatte die Lippen fest zusammengepresst. Er glaubte, er passte nicht hierher. Ich wusste, wie er sich fühlte, aber ich hatte ihm mehrfach gesagt, es könnte ihm egal sein. Er hatte dieser Art Leben den Rücken gekehrt, aber die Verunsicherung blieb. Der Einfluss seiner versnobten Familie hatte einen langen Atem.

Wie lang, das würde ich gleich sehen.

„Fuck", hörte ich ihn leise stöhnen, als wir im obersten Stockwerk das Restaurant betraten, wo mein Vater für uns einen Tisch reserviert hatte.

Ich drehte mich um, folgte seinem Blick und fluchte leise vor mich hin. Damit hätte ich rechnen müssen. *Wieso war ich nicht auf diesen naheliegenden Gedanken gekommen?* Mein Vater und

Ryans Vater trafen sich oft zum Essen. Sie waren Geschäftspartner.

„Das ist also dein neuer Freund?" Der Gesichtsausdruck unserer Väter war unmissverständlich.

„Wovon redest du, Connor?", fragte Mr. Huntington, richtete sich auf seinem Stuhl auf und klopfte auf den Tisch. Das Geräusch machte mich ein wenig wütend.

„Meine Tochter ist für beinahe einen Monat abgetaucht, hat zu Hause weder geschlafen, noch gegessen oder sonst etwas. Sie sagte, sie hätte einen Freund. Offenbar handelt es sich dabei um deinen Sohn."

Mein Vater hatte gar nicht erst abgewartet, was ich dazu zu sagen hatte. Er sprach laut genug, dass auch andere Gäste des Restaurants ihn hören konnten und zu uns herüber sahen. Mein Vater hielt sich für den Nabel der

Welt und erwartete, dass alle sich nach seinen Wünschen richteten. Daher war es ihm auch egal, ob er auf so eine peinliche Weise Aufmerksamkeit erregte. Am Ende würden doch alle tun, was er verlangte, ohne irgendwelche Fragen zu stellen.

„Habe ich dich nicht oft genug vor Harrys missratenem Sohn gewarnt?" Ich versteifte mich bei dem Wort 'missraten'. Mein Vater übertrieb mächtig. Ryan war schließlich nicht kriminell. Er war leidenschaftlich, arbeitete hart und besaß Einfühlungsvermögen. „Sagte ich dir nicht, was für ein undankbarer Bengel er ist, der weggelaufen ist, obwohl seine Familie doch wirklich alles für ihn getan hatte? Wieso hörst du mir nie zu, Taylor? Warum verstehst du nicht, dass ich nur das Beste für dich will? Wieso bist du ständig auf der Suche nach Ärger?"

„Wenn du das Beste sagst, meinst du den reichsten, erfolgreichsten Mann, mit dem du mich verkuppeln kannst?", fragte ich, bemüht, meinen Zorn im Zaum zu halten. Es war nicht möglich, ihn umzustimmen. Wir hatten dieses Gespräch bereits unzählige Male geführt. Er hatte mich schon immer zu seinen noblen Veranstaltungen mitgeschleppt und mich gezwungen, mit den Söhnen seiner Bekannten zu labern, in der Hoffnung, einer von denen würde mich nehmen und damit die Zukunft der Firma langfristig sichern, indem mehr Geld auf einen Haufen kam, als ein Großteil der Weltbevölkerung sich überhaupt nur vorstellen konnte. „Ich brauche das nicht. Ryan ist ..."

„Tut mir leid, Kleine", unterbrach mich mein Vater. „Die Welt dreht sich nun einmal ums Geld. Es wird Zeit, dass du das akzeptierst."

„Musst du dir unbedingt so viel Mühe geben, jedermanns Leben zu ruinieren? Reicht es nicht, dass du dein eigenes Leben ruiniert hast?" Harry Huntington sprach mit seinem Sohn, als wäre der ein Angeklagter im Gerichtssaal. Ich blickte Ryan von der Seite an und war auf einmal sehr stolz auf ihn. Er stand aufrecht da und ließ sich nicht beeindrucken von den giftigen Worten aus dem Munde seines Vaters. Kein Wunder, dass sich unsere Väter privat und beruflich so gut verstanden. Die waren beide aus dem gleichen Holz geschnitzt. „Ruiniere doch nicht ihre Zukunft, so wie du deine ruiniert hast. Du verdienst sie nicht. Was kannst du ihr denn bieten, was ihr Vater nicht im Überfluss besitzt? Soweit ich weiß, wirft dein Tattoostudio nur das Nötigste zum Leben ab. Wusstest du das?", fragte er nun mich. „Er hat gerade einmal genug Geld, um sich selbst über Wasser zu halten."

Das reichte. Ich hatte die Nase gestrichen voll von dem Mist, den sie über Ryan auskippten. Dass mein Vater das übliche Gesülze abließ, war eine Sache, aber im Gleichklang mit Ryans Dad auch noch? Irgendwann war einfach Schluss.

„Sei still", sagte ich zu ihm und krümmte mich innerlich. Ich schaufelte mir gerade mein eigenes Grab, aber ich war zu wütend, um mich darum zu scheren. „Du weißt nicht das Geringste über ihn. Seit Jahren kriegt ihr schon nichts mehr von seinem Leben mit. Ihr habt nicht gesehen, wie sehr er das Leben anderer Menschen berührt, wie er seine Kunst benutzt, um mit anderen in Kontakt zu kommen, Verbindungen einzugehen. Denn ihr beide interessiert euch nur dafür, was am Ende unter dem Strich dabei herauskommt." Meine Hände hatte ich inzwischen zu Fäusten geballt, ich fühlte mich von meinem Zorn ein wenig überwältigt, alles musste endlich einmal raus. „Er hat sein Studio aufgemacht, weil er seiner eigenen Leidenschaft nachgehen wollte, nicht um andere Menschen um ihr Geld zu bringen, damit ihr beide immer noch reicher werdet. Ich kenne niemanden, der so selbstsüchtig ist wie ihr beide."

„Du …"

„Ich bin noch nicht fertig", fauchte ich und starrte meinen Vater finster an. Ich wusste nicht, woher dieser Mut plötzlich kam, aber ich konnte endlich all das rauslassen, was jahrelang in mir gebrodelt hatte. „Du schreibst mir nicht vor, mit wem ich mich treffe oder nicht. Der Zug ist abgefahren. Ich liebe Ryan. Er war für mich da, während du auf

Reisen warst. Er hat mir zugehört und sich um mich gekümmert. Ich liebe ihn, ebenso wie ich Mom geliebt habe." Ich legte meine Finger an den Bund meiner Shorts. „Ich habe mir ein Tattoo machen lassen." Langsam zog ich den Hosenbund ein Stück herunter, damit sie den Schmetterling sehen konnten. „So hat Mom mich genannt. Auf diese Weise hat die Kunst die beiden Menschen zusammengebracht, die mir auf der Welt am wichtigsten sind. Danke für nichts, Dad. Du behauptest, dass du nur das Beste für mich willst. Aber ich kenne die Wahrheit. Du willst über mein Leben bestimmen, weil es deinen Reichtum vermehrt." Dann wandte ich mich an Ryans Vater. „Ihr beide könnt zur Hölle fahren."

Damit nahm ich Ryans Hand und verließ mit ihm das Restaurant. Es gab keinen Weg zurück mehr.

9

yan

Sie liebt mich.

Sie liebt mich wirklich.

Mein ganzes Leben lang war mir eingetrichtert worden, dass es ein Zeichen von Schwäche sei, Gefühle zu zeigen. Also baute ich eine Mauer um mich, so dass mir nichts mehr Angst machen konnte. Man konnte mir drohen und es war mir egal. Als mein

Vater mir sagte, er würde mich aus seinem Testament streichen, wenn ich nicht Jura studierte, bin ich einfach gegangen. Nachdem mir ein Mädchen in der Highschool das Herz gebrochen hatte, machte mich das nur stärker. Ich lernte, den Mysteriösen zu spielen, mit undurchdringlicher, cooler Fassade, worauf eine Menge Frauen abfuhren. Geriet ich in Prügeleien, waren die Blessuren nur körperlich, mein Ego nahm nie Schaden. Ich konnte mit allem umgehen, nichts berührte mich wirklich.

Bis auf sie.

Sie hielt meine Hand so fest, dass ich selber ein wenig zitterte. Ich war von all meinen Gefühlen auf einmal so überwältigt, dass ich sie am liebsten in den Arm genommen und geküsst hätte, ganz zu schweigen von all den anderen

Dingen, die uns unweigerlich in Schwierigkeiten gebracht hätten.

Sie liebt mich.

Der Gedanke lief in einer Endlosschleife in meinem Kopf. Sie hatte sich unseren beiden Vätern widersetzt und ihnen mehr oder weniger gesagt, sie sollten sich verpissen. Das wagte sonst niemand. Ich hatte es getan, daher erwartete mein Vater von mir nichts anderes. Aber Taylor, die süße, unschuldige, einfühlsame Taylor ... und ich dachte die ganze Zeit, sie bräuchte mich, um ihr Kraft zu geben, sie zu beschützen vor den Widrigkeiten des Lebens. Ich war wohl ziemlich naiv.

Sie brauchte keinen Beschützer. Sie war stärker als ich gedacht hatte. Sie hatte es bisher nur nicht gezeigt. Bis jetzt. Heute habe ich ihren Schutz gebraucht.

Sie hat mich völlig umgehauen. Niemand hatte den beiden Männern je ins Gesicht gesagt, sie sollten sich verpissen, selbst ihre Frauen würden ihnen so etwas nicht sagen. Taylor ahnte ja gar nicht, wie beeindruckt ich war, wie sehr ich zu schätzen wusste, was sie getan hatte. Ich wollte es ihr zeigen. Ich wollte ihr zeigen, wie sehr ich sie liebte und wie dankbar ich ihr war, dass sie heute für mich eingestanden war. Normalerweise zeigte ich ihr meine Wertschätzung, indem ich sie vögelte, bis sie meinen Namen laut herausschrie. Ihr Lust zu bereiten, war großartig. Ich konnte sie necken und lecken, den ganzen Tag lang. Ich spielte mit ihren Titten und ihrer Muschi, mit den Fingern und mit der Zunge, bis sie beinahe wund war. Ich liebte es, sie glücklich zu machen. Ich liebte es, ihr Lust zu bereiten und sie zu bedienen.

So hatte ich noch nie empfunden. Alles an ihr war auf einmal so überwältigend für mich.

Ich wollte ihr zeigen, wie sehr ich sie liebte und wie viel mir an ihr lag. Aber natürlich konnte ich sie nicht gleich hier in der Lobby vom Hotel ficken.

Sie liebt mich. Und ich liebe sie auch. Aber wie soll ich es ihr zeigen?

Dann kam mir eine Idee. Es war so naheliegend, dass ich mich wunderte, warum ich nicht sofort darauf gekommen war. Ich ging vor ihr auf die Knie und blickte in ihre wunderbaren, braunen Augen. Sie wirkte schockiert, ihr Mund stand offen und sie hielt mich noch immer an der Hand. Irritiert blickte sie auf mich herab. Aus dem Augenwinkel sah ich, dass unsere beiden Väter uns beobachteten. Das ganze Restaurant sah uns zu. Sie hatten den

Streit mitbekommen und wollten nun auch sehen, wie es ausging.

„Ich kenne dich seit mehr als acht Jahren, aber erst seit einem Monat weiß ich, wer du wirklich bist." Taylor sah aus, als würde sie gleich in Tränen ausbrechen, aber das Lächeln auf ihrem Gesicht gab mir die Kraft, weiterzusprechen. „In diesem einen Monat habe ich gelernt, was für ein wundervoller Mensch du bist. Du hättest auf mich herabsehen können. Hättest du jemandem von unserem Arrangement erzählt, wärst du mit Warnungen überschüttet worden, dich von mir fernzuhalten." Ich atmete einmal tief durch. Die Schmetterlinge in meinem Bauch waren ein wenig überwältigend. „Aber du bist geblieben. Und zum ersten Mal seit sehr langer Zeit hatte ich das Gefühl, jemandem liegt etwas an mir. Du gabst mir das Gefühl, geliebt zu werden. Und das ist unendlich wichtig für mein Leben, um Erfolg zu haben. Erst recht, da meine eigene Familie nicht an mich glaubt." Ich schluckte schwer, verdrängte die Angst und sprach weiter. „Ich brauche jemanden, der meine Hand hält, der mir Kraft gibt, wenn ich schwach bin. Und dieser Mensch bist du für mich. Ich war mir nie so sicher bei irgendetwas. Taylor Madison, willst du mich heiraten?"

Tränen liefen ihr über das Gesicht, sie legte ihre kleinen, zarten Hände auf meine Wangen. Dann zog sie mich hoch und küsste mich sanft auf den Mund. Ich lächelte, als ich spürte, wie sie ebenfalls von ihren Gefühlen überwältigt wurde. Nach einer gefühlten Ewigkeit lösten wir uns voneinander. Ansonsten wäre es hier gleich zu einer nicht jugendfreien Szene gekommen.

„Natürlich", schluchzte sie, „natürlich heirate ich dich."

Ich folgte ihrem Blick. Sie blickte hinunter auf ihre Hand und ich wusste sofort, was sie meinte. „Der Ring ..., ich möchte stattdessen noch ein Tattoo machen. Ich kann kleine Schmetterlinge mit unseren Initialen um deinen Finger machen. Tinte ist besser als Metall, denn sie geht nicht mehr ab. Ich werde dich nie wieder hergeben."

Ihr Lächeln wurde breiter und sie nahm wieder meine Hand. Um uns herum machten Leute Fotos und filmten uns mit ihren Handys. Einige applaudierten und jubelten uns zu. Unsere Väter sahen hingegen wenig begeistert aus, aber das war mir vollkommen egal.

„Lass uns nach Hause gehen. Dann entwerfen wir gemeinsam den Ring."

Einen besseren Plan hatte es nie gegeben.

EPILOG

aylor

ICH HATTE SCHON IMMER eine Schwäche für das Winter-Wonderland-Thema, bei Schulbällen oder Partys. Erst jetzt wurde mir bewusst, warum das so war. Ich blickte mich in der Kirche um. Draußen vor den Fenstern sah ich den Schnee fallen, der alles in friedliche Stille tauchte.

Es war meine eigene Hochzeit, aber

mir gingen so viele Dinge durch den Kopf, dass ich kaum auf die Worte des Geistlichen achtete.

Ich hätte wohl zuhören sollen, nach all dem, was ich in den letzten sechs Monaten an Vorbereitungen durchgemacht hatte. Aber ich war zu abgelenkt von all den schönen Dingen um mich herum. Die Kirche war in blau und weiß getaucht, mit weihnachtlichen Lichtern. Bänder und Wattekugeln waren um die Säulen drapiert. Warmes Licht erfüllte den Kirchenraum und verbreitete eine sehr festliche und intime Atmosphäre. Der Chor, den wir angeheuert hatten, sang himmlisch, was allein schon einen Sturm an Gefühlen in mir auslöste.

Aber noch viel wichtiger war der Mann an meiner Seite und die Tatsache, dass unsere Familien und Freunde hier waren, um mit uns diesen festlichen Anlass zu feiern.

Die letzten sechs Monate waren ein einziges Auf und Ab gewesen. Es hatte eine Weile gedauert, bis unsere Familien sich mit unserer Heirat abgefunden hatten. Nach und nach hatten sie einsehen müssen, dass unsere Liebe füreinander stark, echt und unzerstörbar war. Ich hatte eine Menge Bekannte, die sich auf einmal für Ryans Studio interessierten. Mit mehr Kundschaft kam mehr Geld in die Kasse, so dass er mich unterstützen konnte, als das Studium anfing. Ich war bei ihm eingezogen und lebte auf seine Kosten. Aber ich hatte mir auch einen Teilzeitjob in einem Krankenhaus besorgt. Ich wollte mir und meiner Familie beweisen, dass ich mit meinem gewählten Weg Erfolg haben würde. Rückblickend würde ich alles wieder genauso machen. Mein Vater bewunderte mein Durchsetzungsvermögen, meine Halbschwestern gaben zu, ein wenig neidisch zu sein, weil ich es gewagt hatte, mich unserem Vater zu widersetzen.

Und nun, am Tag unserer Hochzeit, waren Freunde und Familie gekommen, um vor Gott und der Welt zu bezeugen, wie stark unsere Liebe füreinander war.

„Du bist das größte Geschenk für mich, mehr als ich je zu hoffen gewagt hatte und verdiene. Ich liebe dich so sehr, Taylor Huntington, und ich kann es kaum erwarten, dass du meine Frau wirst."

„Ich liebe dich auch, Ryan, mehr als mein Leben, du hast ja keine Vorstellung wie sehr. Ich kann kaum erwarten, den Rest meines Lebens mit dir zu verbringen."

Der Geistliche lächelte angesichts

unserer schlichten Worte und kam zum Schluss. „Taylor und Ryan, ihr habt damit eure Liebe und Hingabe füreinander geschworen. Ihr seid nun nicht länger nur Partner oder Freunde. Nun seid ihr Mann und Frau." Mit einem breiten Lächeln fuhr er fort: „Ryan, du darfst die Braut nun küssen."

Mit der Erinnerung an die vergangenen sechs Monate lächelte ich und freute mich auf die Zukunft mit dem Mann neben mir, meinem Ehemann.

ENDE.

∼

Lies **Fleh' mich an** nächstes!

Mein Stiefbruder, Aiden, war der einzige, den ich noch hatte. Nachdem er die Multi-Millionen Dollar schwere Firma seines Vaters übernommen hatte, sind wir eine Teilhaberschaft eingegangen. Es war nicht das, was ich mir vorgestellt hatte. Er wollte, dass ich meine Vorzüge perfekt einsetze und führte mich seinen Geschäftspartnern vor.

Dann sah ich ihn. Lucas Ferris. Er war nicht wie die anderen Bierbäuche im mittleren Alter. Er war wie Sex am Stiel. Er war über einen Meter neunzig und hatte glänzende, schwarze Haare. Ich hätte schwören können, dass er vor lauter Verlangen glühte, als er mich sah. An dem Abend erledigte ich meine Arbeit für Aiden und machte mich auf den Heimweg. Ich begab mich in mein Zimmer und legte mich ins Bett. Aber später am Abend ging die Tür auf und ich musste feststellen, dass mein

Stiefbruder meine Jungfräulichkeit an Herrn Ferris verkauft hatte und er hier war, um sich zu holen, wofür er viel Geld bezahlt hatte.

Meine Rache, wenn sie kommt, wird brutal sein und Aiden wird feststellen müssen, dass er seine Schwester unterschätzt hatte. Was Herrn Ferris anging, nun gut, er wird Dinge mit meinem Körper anstellen, von denen ich nie geglaubt hatte, dass ich sie wollte, die ich aber so sehr verlangte...

Wenn du nach einem Buch suchst, das dein Höschen zum Schmelzen bringt und neben einem atemberaubenden Mann und einer lebhaften Frau auch noch eine unerwartete Wendung hat, lies weiter!

Lies Fleh' mich an nächstes!

BÜCHER VON JESSA JAMES

Mächtige Milliardäre

Eine Jungfrau für den Milliardär

Ihr Rockstar Milliardär

Ihr geheimer Milliardär

Ein Deal mit dem Milliardär

Mächtige Milliardäre Bücherset

Der Jungfrauenpakt

Der Lehrer und die Jungfrau

Seine jungfräuliche Nanny

Seine verruchte Jungfrau

CLUB V

Entfesselt

Entjungfert

Entdeckt

Zusätzliche Bücher

Fleh' mich an

Die falsche Verlobte

Wie man einen Cowboy liebt

Wie man einen Cowboy hält

Gelegen kommen

Küss mich noch mal

Liebe mich nicht

Hasse mich nicht

Höllisch Heiß

Dr. Umwerfend

Sehnsucht nach dir

Slalom ins Glück

Neues Glück

Rock Star

Die Baby Mission

Die Verlobte seines Bruders

ALSO BY JESSA JAMES (ENGLISH)

Bad Boy Billionaires

A Virgin for the Billionaire

Her Rockstar Billionaire

Her Secret Billionaire

A Bargain with the Billionaire

Billionaire Box Set 1-4

The Virgin Pact

The Teacher and the Virgin

His Virgin Nanny

His Dirty Virgin

The Virgin Pact Boxed Set

Club V

Unravel

Undone

Uncover

Club V - The Complete Boxed Set

Cowboy Romance

How To Love A Cowboy

How To Hold A Cowboy

Treasure: The Series

Capture

Control

Bad Behavior

Bad Reputation

Bad Behavior/Bad Reputation Duet

Beg Me

Valentine Ever After

Covet/Crave

Kiss Me Again

Contemporary Heat Boxed Set 1

Handy

Dr. Hottie

Hot as Hell

Contemporary Heat Boxed Set 2

Pretend I'm Yours

Rock Star

The Baby Mission

ÜBER DIE AUTORIN

Jessa James ist an der Ostküste aufgewachsen, leidet aber an Fernweh. Sie hat in sechs verschiedenen Staaten gelebt, viele verschiedene Jobs gehabt und kommt immer wieder zurück zu ihrer ersten großen Liebe – dem Schreiben. Jessa arbeitet als Schriftstellerin in Vollzeit, isst zu viel dunkle Schokolade, ist süchtig nach Eiskaffee und Cheetos und bekommt nie genug von sexy Alphamännchen, die genau wissen, was sie wollen – und keine Angst haben, dies auch zu sagen. Insta-luvs mit dominanten, Alphamännern liest (und schreibt) sie am liebsten.

HIER für den Newsletter von Jessa anmelden:
http://bit.ly/JessaJames

www.ingramcontent.com/pod-product-compliance
Lightning Source LLC
LaVergne TN
LVHW011835060526
838200LV00053B/4044